中国科幻精品屋系列 ⑰ 　　　　金　涛　总策划

网络帝国

饶忠华　主编

科学普及出版社

·北　京·

图书在版编目（CIP）数据

网络帝国／饶忠华主编 ．—北京：科学普及出版社，2018.3
（中国科幻精品屋系列）
ISBN 978-7-110-09310-8

Ⅰ．①网… Ⅱ．①饶… Ⅲ．①科学幻想小说－小说集－中国－当代 Ⅳ．① I247.7

中国版本图书馆 CIP 数据核字（2016）第 026628 号

策划编辑	徐扬科
责任编辑	林　然
装帧设计	青鸟意讯艺术设计
插　　图	范国静　赵连花　郭　芳　刘小匣　刘　正
责任校对	郭瑞芝
责任印制	徐　飞

出　　版	科学普及出版社
发　　行	中国科学技术出版社发行部
地　　址	北京市海淀区中关村南大街 16 号
邮　　编	100081
发行电话	010-63583170
传　　真	010-62173081
网　　址	http://www.cspbooks.com.cn

开　　本	710mm×1000mm　1/16
字　　数	170 千字
印　　张	12.75
版　　次	2018 年 3 月第 1 版
印　　次	2018 年 3 月第 1 次印刷
印　　刷	北京盛通印刷股份有限公司

书　　号	ISBN 978-7-110-09310-8/I·456
定　　价	35.00 元

（凡购买本社图书，如有缺页、倒页、脱页者，本社发行部负责调换）

序

世界上有很多人会做奇怪的梦，他们的梦又奇妙，又好玩。

在梦中，他们乘坐宇宙飞船，冲出大气层，飞上月球，飞向遥远的星座，甚至在银河的小行星上盖了房子，建了许多工厂和雄伟的城市。但是他们很快遇到了麻烦，宇宙大爆炸的冲击波毁灭了他们的家园，于是劫后的幸存者驾着飞船，成为孤独的漂泊者。

在梦中，他们像鱼儿一样潜入海洋，在深深的海底开采矿床，建造海底城市，也建成了海军基地和强大的舰队。正当他们雄心勃勃地扩张地盘、争夺海底富饶的钻石矿时，一场可怕的大地震爆发了，于是山崩地裂，海水沸腾，谁能逃过这场浩劫呢？

在梦中，他们进入了很深的地底下，居然发现地球内部还有一个世外"桃花源"，芳草鲜美，落英缤纷。那里的人像袋鼠一样跳跃走路，住在黑暗的洞穴里，有嘴却不会说话，只能用双手比画几下进行对话，如同人类聋哑人的"手语"，据说这是在地层高压下长期进化的结果。遗传学家考察后发现，这些地底下的聋哑人竟然和我们有相同的基因。

在梦中，机器人部队排成战列，每个机器人士兵都拿着激光枪和锋利的光子匕首，向着古老的城堡发起进攻，那是外星人盘踞的城堡，他们也不甘示弱，从城堡的枪眼里喷出的高温毒液，形成一片炽热的火海……

当然，还有很多梦，既稀奇又令人兴奋。比如：许多可怕的至今无法治愈的疾病，终于找到了特效药；分子型的微型机器人医生从血管、从食道进入人体的内脏，清除病灶、消灭隐患，创造了一个个生命奇迹。

还有很多很多，都是科学技术的新发明带来的惊人变化、创造的一个个人间奇迹，不用一一列举了。

这些梦，看似异想天开、玄妙荒诞，却也令人震撼、趣味无穷，它们写成小说就是科学幻想小说（也称科学小说），拍成电影就是脍炙人口的科幻电影。我相信，这是你们最喜欢的。

摆在你们面前的这部"中国科幻精品屋系列"，就是我国100多年来科幻小说的集中展示.它是由几代科幻作家，在不同历史时期，伴随科学技术的进步而创作的，也从一个层面反映了科幻小说家对于科学技术发明的殷切期望和美好向往。这里面多是描写科学技术的进步给人类带来的福祉，也有对科学技术成果滥用的忧虑。

这套书有一个很突出的特点：2000多篇作品，2000多个故事，时间跨度100多年，是按时间顺序编排的。阿拉伯文学中的经典作品叫作《一千零一夜》，这套"中国科幻精品屋系列"可以称作中国科幻的"一千零一夜"了。

这种分类方法一个很突出的特点，是可以很清晰地看到，中国科幻小说的题材与现当代科学技术的发明和传播相互之间密不可分的关系。这也说明，科幻小说尽管是幻想的文学，但它仍然植根于现实的大地之上。

我还想再补充一点，阅读科幻小说（以及看科幻电影），最大的收获不仅仅是长知识，而是增强你的想象力，这是训练一个人创造力的重要途径。"想象力比知识更重要"，这个观念已经被无数事实证明是有道理的。这方面的体验，只有通过阅读，不间断的、广泛的阅读，才能领会。

最后，我要感谢丛书主编饶忠华兄，并且特别感谢多年来支持丛书出版的科学普及出版社以及为此付出辛勤劳动的编辑们。

金涛

2017年10月20日

目 录

致作者

　　1997 年起此套丛书在我社陆续出版，由于年代久远，有些文章作者的署名及联络方式已无从查考，故烦请相关作者与我们联系，我们将妥善解决署名及稿费事宜。

超霸战士

——太空三十六计之十

杨 鹏

黑天帝国的金属人把云城的机器人阿力古打昏后，用激光剖开阿力古的脑袋，发现里面有一台最先进的电脑，喜出望外。他马上卸下自己的头颅，取出老式电脑，装上这台最新式的电脑。就这样，原来那个超霸机器人——金属人消失了，指挥他行动的是阿力古的电脑，也就是说，阿力古成了银河里最为强大的超霸机器人。阿力古救出了被关押在牢中的自己的主人——太空吉普赛人星浪，并偷了一艘飞船，投向水晶共和国。

威天士闻讯后，对水晶星主和凌波星主喊道："凌波共和国有救了！"他讲了地球上中国古代神话中铁拐李借尸还魂的故事，然后说："凌波星是被'宇宙杀星'控制了，要战胜他，只有超霸战士。我们可以把已故的冲天士复活到超霸机器人阿力古的体内，将他改造成为超霸战士，定能打败'宇宙杀星'。"改造获得成功，超霸战士冲天士诞生了。

在凌波星主的凌波宫里，黑天帝国的第一勇将"宇宙杀星"正在休息。他是一种流质生物。他把身体的各个部分及器官(手、脚、心等)变成不同的人形，分布在凌波星系的各个星球，统治着这个星系。昨天他得到情报，超霸战士要来复仇。他怕抵挡不住，于是就把全身的器官都召集了回来，使自己变成了一个高达10米的白色巨人。身躯的壮大使他狂妄，以为自己是宇宙中最强大的人。

超霸战士从天空中飞翔而来，闪闪发光的激光剑直指"宇宙杀星"的眉心。"宇宙杀星"晃动脑袋，但左眼没躲开，中了一剑，喷出白白的浆液。"宇宙杀星"痛得用巨掌捂住左眼，另一掌朝超霸战士打去。超霸战士被打翻在地。

"宇宙杀星"用脚去踩，被超霸战士躲开。"宇宙杀星"大怒，飞起一脚，把超霸战士踢得飞起来，落在地上。"宇宙杀星"像捏毛毛虫一般捏起超霸战士，扔进血盆大口之中。

突然，他"哇"地大叫起来，满地打滚。原来，超霸战士没有死。他钻进了"宇宙杀星"的肚中，在里面拳打脚踢，痛得"宇宙杀星"大喊饶命。他在"宇宙杀星"的肚中闹了一上午，逼着"宇宙杀星"走向一座火山——威苏威活火山。"宇宙杀星"现在已经站在火山口了，超霸战士命令"宇宙杀星"跳下去，"宇宙杀星"不从，他要作最后挣扎。

超霸战士这时从"宇宙杀星"的右眼里钻出，击碎了他的右眼球，他变成了瞎子。超霸战士作了几个凌厉的空中踢腿动作，踢中"宇宙杀星"的后颈，他再也支撑不住，坠向红色的岩浆。

《少年科学》，1995年第6期，庄秀福改编

神秘战舰

——太空三十六计之十一

杨 鹏

一艘来历不明的飞船闯进黑天主星的上空狂轰滥炸。黑天帝国部队猛烈开火，击中飞船。驾驶员跳伞，被帝国士兵抓获。

这位驾驶员是太空猎手乔巴卡。最近，他听人说水晶共和国战局好转，心想："这可是个立功的好机会。"他扮演了一次孤胆英雄的角色，独自驾驶一艘飞船来轰炸黑天星。原想炸一阵就溜，到

水晶星邀功去，可现在却成了黑天星的阶下囚。

黑天女王没有杀乔巴卡，只是要他到水晶星去一次。因为水晶星有了超霸战士，战局变得对黑天帝国十分不利，最近又出现了一艘神秘的战舰，女王急于要得到水晶星的情报。在女王的威逼利诱下，乔巴卡屈服了。他驾驶着一架飞机向水晶星飞去。

乔巴卡的朋友、太空吉普赛人星浪在机场迎接他。乔巴卡对星浪说："我很想你，这次专门来看看你。""就是为了看朋友吗？"星浪放声大笑："黑天女王和你签的契约我早已了如指掌。"乔巴卡目瞪口呆，他一点儿都不知道，在他动身之时，龙吉公主便通过脑电波将一切情况告诉了星浪。

大战迫在眉睫，神秘的战舰钻出了星云，直奔黑天主星。由于它的周围被一种无形的保护性能量场笼罩，因此帝国方面无法窥知它的详情，但从规模上看，它可载10万名以上的士兵。

"是的，他们准备从黑天主星的东半球进攻。"返回了黑天星，乔巴卡拍着胸脯向女王报告。女王终于信了他，目前的一切迹象似乎都在证实这一情况。她命令："黑天帝国的所有部队，都集结到东半球来。"乔巴卡望着乱成一锅粥的黑天士兵，脸上掠过一丝冷笑，他想起了那天星浪对他说的一席话："这叫作'声东击西'。"

黑天帝国果然上当了。使他们神魂不安的神秘战舰只用一发离子炮弹就被击落了。这哪里是什么战舰？只是一个庞大的、空有躯壳的大飞船，它的内部除了一台保护性能量场发生器和一名机器人驾驶员之外，没有一兵一卒。

猛天士顿悟，这是中了水晶星的"声东击西"之计，但一切为时已晚。水晶共和国隐形飞船在冲天士的率领下，经过长途跋涉，已经抵达了黑天星，现出了原形，迅速排成无数个太空堡垒的队形，向西半球发起了强大的攻势。

此时黑夜已尽，黎明将至。变成了超霸战士的冲天士命令道："总攻从现在开始！"

《少年科学》，1995年第7期，庄秀福改编

太空决战

——太空三十六计之十二

杨 鹏

水晶—凌波联军的飞船排成太空堡垒的队形，向黑天主星发动了总攻。黑天女王惊慌失措，猛天士安慰她说："别急，我们还有一件扭转局势的法宝——9尊沉睡的超龙魔神，该到它们行动的时候了。"

乔巴卡经女王允准，可以自由出入各处。这天，他走进太空监狱，看到了关在牢中的水族王子，便设计杀死了狱卒，救出水族王子。水族王子不肯马上就走，还要去救龙吉公主，乔巴卡只得顺从。他们化装成帝国的士兵，通过一道道关卡，到达放置龙吉公主冰棺的大厅。水族王子用枪托砸开冰棺，龙吉公主如梦方醒，直身坐起。突然她感到有危险逼近，说："快藏起来，有人来了。"三人赶快藏了起来。

来人是黑天女王和猛天士。战局到了白热化阶段，黑天帝国落了下风，他们来此启用最后的法宝。只见猛天士按了墙上的一个电钮，突然，地板整个儿掀了起来，9条机器恐龙腾空而起。

它们喷着烈焰，冲向水晶—凌波联军，横冲直撞，所向披靡。正在它们得意忘形之际，超霸战士冲天士来了。9条巨龙立刻化作人形，形成一个包围圈，围住了超霸战士。巨龙使出绝招——超龙

爆闪，9个火球从闪电划出的白道道里汹涌滚出，冲向超霸战士。超霸战士合起双掌，人如螺旋一般旋转起来，9条火球没法伤他一根毫毛。突然，他安稳着地，只将光剑一挥，把9条巨龙斩首。

黑天女王和猛天士从屏幕中目睹了超龙魔神被打败的惨状，惊恐万状。女王要出去拼命，猛天士把她拦住了，说道："俗话说'三十六计，走为上策'，咱们快走吧。"女王信服地点了点头，同猛天士一起离开大厅。

水族王子他们三人目睹了全过程。水族王子让乔巴卡把龙吉公主送回去，自己去追踪女王和猛天士。乔巴卡护着龙吉公主往外走，被帝国士兵发现，朝他们开枪，乔巴卡用自己的胸膛挡住了射向公主的子弹，英勇牺牲。这时，超霸战士冲天士赶到，杀败帝国士兵，救走了龙吉公主。

黑天女王和猛天士爬上一艘飞船，腾空而起。但他们没想到，水族王子也悄悄地上了飞船，并把一颗核炸弹安装在了飞船的尾翼上。飞船快冲出黑天主星的大气层了，空气越来越稀薄，水族王子几乎失去知觉，他毅然按动了核炸弹的开关。"轰——"飞船爆炸了。

和平重新回到人民手里。人民用歌声、美酒和舞蹈庆祝光明的胜利，庆祝战争的结束。

《少年科学》，1995年第8期，庄秀福改编

星 兽

杨 鹏

"笃，笃，笃……"令人毛骨悚然的敲门声。我无比恐惧地躲进了里屋，给丈夫打了个电话："安，快来救我，门外有一头怪兽在敲门，它快要闯进屋里啦！"

安好像很忙，沉吟了一会说："晶，你等等……我的探测器发现了一处金矿，可能是伽玛星上最大的金矿，有成千上万吨的金子，成千上万吨啊！"我却怎么也听不进他的话，跪在地上："……可它会把我吃了！""是你重要还是金子重要？"安"啪"的一下，把电话挂断了。

其实，我早就知道，安是不会来救我的，对于他，当然是金子重要。我转过身，无望地望着镜子。我是个美人，许多男人曾追求过我，但现在我要香消玉殒了。

敲门声没有了，它走了？我走到窗边，什么也没有，暮色氤氲，天上的九个太阳一个接一个往下降落。忽然我脚下的土地猛地一松，一头怪兽钻出来。它体躯庞大，浑身披着蓝色的鳞甲，有六条粗壮的腿，一条有力的尾巴。我害怕极了。

这时，我的耳边传来一个男孩一般的说话声音："我不是怪家伙，我是伽玛星上的唯一生物，在这星球上待了几万年，寂寞极了。你一出现在我们星球上，我的大脑就感应到了，我深深爱上了你。"

"你爱我？"这个相貌丑陋的家伙居然爱上了我，太可笑了。

"我是来向你求婚的，你嫁给我吧！"

"嫁给你，你能给我什么好处？"

"我给你爱情。"怪兽眼中似乎在喷火。

"爱情顶屁用，能吃能穿吗？"我嘲笑它。

"这个星球上没有黄金，只有石头，我什么都给不了你。"怪兽很沮丧。

"哼！"我朝它投去了轻蔑和鄙视的一瞥。

这下子情况顿时发生了变化，怪兽居然痉挛了一下，浑身渗出了蓝色的汗珠，发出淡淡的香味，它整个身形都缩小了。

"怎么回事？"我的心里在问。

"都是因为你从心里厌恶和鄙视我。"

天哪，我的心灵竟有如此神奇的巨大力量！我再尝试一下，于是我在心里大声喊："我不相信爱情，我只爱金子，你这丑家伙！"

怪兽在地上打滚，不一会，它消失了，化成一汪蓝色的液汁。

正在这时，安垂头丧气地回来了。"没有采到黄金，"他叹了口气。我则把刚才发生的事一五一十地告诉了他。我还没说完，安便气急败坏地说："你这个大傻瓜，你错过了一个大好的发财机会啊！那是一头宇宙罕见的、极其珍贵的星兽，抵得上成千上万吨的黄金，你却把它杀死了……"

《科幻世界》，1995年第11期，庄秀福改编

把他的驾驶执照拿来看看

银 河

威威驾驶一艘小型飞船从火卫一飞往火卫二。他驾驶技术非常熟练，正开着收音机听电子新闻："一伙走私犯以某个小行星为基地，偷运紧缺物资……"

当进入火卫二轨道时，他闯了红灯。一艘太空交通巡逻艇靠近

了威威的船边。首先当然是检查威威的驾驶执照，他没有。交通警厉声说："你知道违章的惩罚措施吗？"

威威自然知道罚款相当厉害。交通警想了一下才开口："念你是初犯，又是小孩，可以从轻处理，只罚你运送一趟货物。"

威威皱眉想了想，答应了下来。交通警上了威威的飞船，并叫威威把船开往小行星。从火卫二到小行星的路可不轻松，不过威威的驾驶技术是第一流的。交通警在小行星装了货，又让威威把船开往木星。

飞船又上路了。交通警钻进了睡袋，很快就进入了梦乡。威威会心地笑着把船开进了港，进港的震动惊醒了交通警。他探头向舷窗外望去，说："这好像不是木星呀？"

"当然不是。"威威平静地说，"这是太空警察局火星分局。"

"什么！"交通警暴跳如雷，"你怎么把船开到这儿来了？"

"你要是真交通警还怕太空警察局吗？"威威微笑道。他早就看出这家伙不是警察，而是走私犯。没有执照罚他去小行星装货就不对，何况刚才还有电子新闻提示呢！

走私犯只好听命，因为睡袋的口早已系死，只留一个头露在外面，而且整个睡袋又被系在舱门上。

威威和真正的太空警察取得了联系，罪犯很快就被带走了。无线电里传来太空警察局局长的声音："那个机智的小孩叫什么？把他的驾驶执照拿来看看。"

威威害怕了。其实这是局长故意说给威威听的。他已经知道威威没到法定年龄，还未领驾驶执照。他决定破格奖励威威一本驾驶执照，因为有这么高的驾驶技术的大人都不多哩。

《我们爱科学》，1995年第3期，爽爽改编

藏在心中的爱

俞 琦

突然收到W星球发来的加急电报，说那里局势紧急，各项工作都处于瘫痪的边缘，能源生产已全部停止。

W星球离地球约1000光年，那里有极丰富的矿藏，但气候恶劣，人类无法生存。宇宙矿业开发公司设计了10万个机器人的队伍，其中有领袖、工程师、宇航员、工人、服务员等，组成一个完整独立的社会，在那里开采矿产，并源源不断地送回地球。另外，为调节"职工"之间的矛盾和纠纷，在每个机器人的电脑中输入了足够多的友爱程序。

现在，面对这封加急电报，大家都很吃惊：怎么搞的？莫非友爱程序出故障了？各种猜测很多，但无法肯定，公司决定派我马上乘超时空管道输送器前去查明真相，排除障碍，迅速恢复正常生产。现在，地球上已一天也离不开来自W星球的矿产了。

我登上超时空管道输送器，按下电钮，进入了W星球，立即发现气氛异常紧张，所有的机器人谁也不靠近谁，身子在不停地转圈，以提防前后左右的同类。

这是怎么回事？我赶紧检查电脑，没问题呀！我打开问答指令器问一个服务员："你心中的友爱程序还在吗？""在。"它回答。

"那你为什么不去向你的同类表示友爱呢？"

"因为它拒绝。"

"请试试看。"我命令。

"是。"机器人服务员向一个职员走去，可是职员机器人马上做出一副准备战斗的姿态。

我问职员机器人："你知道你在干什么吗？"

"知道，执行机器人法则第三条，保卫自己。"

"可是，它并不是来向你进攻的，相反，是来向你表示友爱的。"

"我已无法识别。"它回答。

哦！我恍然大悟：当一个板着脸，一点表情也没有的机器人一步步向你走来时，又有谁能不怀疑它的动机呢！真是的，当时怎么会忘了给机器人输入表情程序呢！没有表情，别人又怎么能知道你心中充满友爱呢！于是，我立即给公司发了个加急电报。

事情圆满地解决了。也许你现在用的，正是刚从W星球送来的能源。

《银色的幻想》，安徽教育出版社，1995年1月，邵俊平改编

复仇女神

俞 琦

科学家们用HBC公司制造的最新翻译机找到了宇宙中77种星语，它还可以把各类生物的语言翻译出来。在找第78种星语时，发现围绕在太阳旋转的天体中，有一颗由无数不规则的小天体和宇宙尘组成的"死星"。它的体积极小，以至于必须在接近大气层时才能发现。它像艘飞船，但又看不出有人操纵的痕迹，也没发现动力。科学家们用航天飞机迎上去把它"诱"了下来，拆开一看，原来是一个极精致的人造容器，容器中存放着一张金属激光唱盘。想不到，这里储存的竟是地球上几千万年前早已灭绝的恐龙的声音。

激光唱盘里传送出恐龙时代的人们的一场争论。人们担心着"复仇女神"，它每隔1万年定期到地球上来，每次都给地球带来巨大灾难：火山喷发的岩浆替代太阳，房屋全部焚毁；植物因无法进行光合作用而枯萎，食草动物无法生存；食肉动物不得不食用

不洁腐肉而染上可怕的瘟疫。有人提议改变遗传基因，缩小人类体形，减少食物消耗，改变食物结构，建造密闭的洞穴供长期避难，养成适应艰苦环境的生活习惯……

提出这项建议的是阿牛。人们曾为他提供经费、设备和实验室，还送他去QB星球进修。他提的方案遭到一致反对。最后，由元老院、最高法院列出十大罪状，判处阿牛死刑。临刑前，法官问阿牛有什么最后要求。阿牛提出希望把这次争论和对他的审判全部录音，装进他的袖珍航天舰。阿牛最后说："'复仇女神'，你的到来将清洗我的罪名，证实我的提议是正确的；但你又是可怕的，你的到来，也将毁灭我们伟大的恐龙家族……"

听完录音，科学家们得出一个结论，我们的古生物学家犯了一个严重的错误，把古时的恐龙想象成今天蜥蜴类一样的低能、低等的爬行动物，全然没有想到它们还可能有高度的智力，发达的科学文化。以至于今天的人类对于发现的史前高科技遗物如火箭发射基地，卫星拍摄的地图等大惊小怪，误认为是外星人而为，实际上却是地球人的杰作！

《黑色的幻想》，安徽教育出版社，1995年第1月，周肖改编

永恒的玫瑰

俞 琦

指令长笛克和通讯技师迈卡乘着飞船，进行人类首次跨空间的旅行。这次旅行的目的是要证明人类能进入其他空间，而且能安全返回。

旅行的目的地是与地球三维空间最为相似的空间。如果用A、B、C表示地球的三维空间的话，那么目标就是B、C、D空间，它们

的空间有2／3的重合。

飞船启动了，很快就出现在B、C、D空间的宇航基地上。由于跨越空间的通讯已相当成熟，已经事先和B、C、D空间取得了联系。那里的基地广场上布满鲜花、彩旗，布满欢迎的人们。

笛克和迈卡走出飞船，发现B、C、D空间的居民一动也不动，一声不吭，以为这是他们接待贵客的一种礼节，于是只好入乡随俗，随机应变了。他们沿着长长的红地毯，小心翼翼地走向检阅台。可是，检阅台上上下下的官员们都呆呆地站着，像一组蜡像。迈卡忍不住摸了摸台上长者的手腕：怪了，手是热乎的，但没有脉搏。

笛克命令撤离。但迈卡却被台边一位手持玫瑰花的小姑娘迷住了。他从花束中摘下一朵，插在小姑娘的领口上，忍不住又在她的脸蛋上吻了一下。接着，飞船从B、C、D空间消失了。

然而，在B、C、D空间，却出现了另一番景象。按预定时间，人们并未等到来自A、B、C空间的飞船。B、C、D空间检阅台上的总统还以为对方的飞船出了故障哩。这时，突然有人报告在基地上发现有飞船启动时留下的放射性微粒。根据微粒分析，飞船大约在5分钟前离开。接着，总统的女儿又在父亲耳边悄悄地说："有人在我领口上插了一朵花，好像还吻了我。"

于是，总统下令："马上照会A、B、C空间，要求解释。"

此时，笛克的飞船正降落在A、B、C空间的宇航中心。他一出现，马上就接到指挥部的通知：试航失败。原因是试航前没有校正时间基数。A、B、C空间的100年相当于B、C、D空间的1秒钟。飞船在那里停留半小时，只相当于他们的1／17520000秒。这么短的时间，他们根本没有反应过来。

迈卡反应敏捷地说："赶快回去，没准他们的仪式还没散。"他的心还留在那朵玫瑰花上。

《我们爱科学》，1995年第11期，爽爽改编

大 力 士

余 音

全市工人举重锦标赛开始了。方小刚和王小强前去观看今天的重量级抓举比赛。

突破全省纪录的是"起重机"队3号选手，成绩是305千克……最后一个出场的是"动力"队5号选手。他身材瘦小，是名副其实的"最轻量级"，却不知为什么参加了重量级比赛？方小刚不相信自己的眼睛：这位5号运动员竟像自己的爸爸！分明就是爸爸！小刚从未看见他练过举重啊！

比赛铃声响了，5号选手轻松地举起300千克。之后，重量加到1000千克、5000千克……他都一次试举成功。人们发狂地欢呼起来，这是空前的世界纪录啊！

体育馆灯光大亮，人们等待优胜者登上领奖台。这时，从里面走出"弟兄"俩，身穿笔挺中山装的人说："刚才表演的是他——一个机器人。"

"我叫方森，是燃料公司总工程师。它是本公司推荐的最新产品——蚂蚁Ⅱ型机器大力士。它身上装有高效能源，具有超人的力量，可供起重、搬运和打捞等部门使用，欢迎订货。如需要，我们备有详细说明书。"

接着，方总把奖杯举到"起重机"队5号运动员跟前，高声说："真正的冠军是你！"

小刚问爸爸，为什么叫蚂蚁型？

方总把小刚、小强领到休息室，打开录像机，屏幕显现出一群蚂蚁，它们正在搬东西，蚂蚁发出声音："蚂蚁能搬起比体重大100倍的重物，这是什么原因？因为，力量是由肌肉产生的，蚂蚁的肌肉是一种神奇的'发动机'，它比世界上最先进的飞机发动机效率还要高好多倍！蚂蚁的肌肉发动机又是由几十亿台微型发动机组成的……发动机工作的能源是一种特殊燃料——磷化合物，它不必燃烧，直接可变成电能——燃料电池，机械能——肌肉发动机……"

方总关上录像机说："机器大力士身上装有类似蚂蚁那样的动力装置，所以命名'蚂蚁Ⅱ型'。另外，我可以把我的思想输送给它，让它听我的指挥。你们看。"

机器人正举着小吉普车，把小刚和小强往车里塞……

机器大力士一步步往体育馆外走去……

《银色的幻想》，安徽教育出版社，1995年1月，邵俊平改编

雷蒙博士和我们

张继红　宁珍志

雷蒙博士从市中心医院辞职后，到比远郊近、比近郊远的地方开了一家医院——癌病防治中心。从此，这儿热闹起来，也传出一系列令人不能全信的故事。

一个外号胆包天的病人，人人见他都怕，小偷都不敢上他家偷东西。老婆孩子受不了，陪他上医院看病。雷蒙博士为他动手术时，给他换了个兔子胆。从此以后，胆包天胆小得像兔子，不喝酒、不吸烟，不吃鱼和肉，专到墙角和田边吃青草、胡萝卜。胆包天跑得快，百米赛跑超过世界冠军约翰逊和刘易斯。老婆没办法，重新找到雷蒙博士。博士动手术时，又给他换上了人造胆。很快，胆包天家庭变了，"五好家庭"的光荣榜贴上了他的家门。

市里的小学生吴美丽获得国际电影节最佳女主角等三项大奖，轰动了全市，市长专门组织了欢迎会。在机场上，一群年龄和吴美

丽相仿的女孩都晕倒在地，马上急送医院。雷蒙博士诊断为"急性暴发性羡慕或嫉妒综合征"。家长们一致要求满足孩子的要求。雷蒙博士让所有患病的孩子全都当上了吴美丽式的"小公主"，可带来的问题是孩子认不得爹娘，爸妈找不到自己的孩子。经过整整一个月的折腾，家长们终于要求恢复孩子原来的样子，博士让她们服用了"回心转意丸"，个个家庭重新开始了原来的欢乐和无拘无束的生活。

迷奇奇的奶奶病了，雷蒙博士去看她，认为是她经常吃剩饭和剩菜，营养不良的结果。住医院后，雷蒙博士用特殊的机器把病情展示给迷奇奇的爸爸妈妈看，他们对亏待了老人感到愧疚。雷蒙博士把奶奶体内的生命钟拨回到未发病状态，使她重新开始新生活。迷奇奇的爸妈受到教育，用加倍的努力使老人过上了幸福的生活。

雷蒙博士孤身一人没有结婚，当不了父亲，然而他却被推选为"爸爸乐"协会的首任主席，承受着当父亲的苦恼；他不用打针吃药，用50束含苞欲放的鲜花治愈了白血病人；年轻的舞蹈家蕾蕾，在雷蒙博士的治疗下，重新登上舞台，焕发了青春；雷蒙博士为音乐城的"小号王"治病，用面包制成的舌头换进"小号王"嘴里，使原来断舌的音乐家又一次奏起世界名曲。一时间，面包房出现抢购风，谁都想装上一个面包舌头，成为音乐家。

雷蒙博士治癌名声不光在地球上。他还被外星人请去，为15名细胞癌患者治病；他的"909测癌一次灵"研制成功，他所在的城市成为"无癌城"。不幸的是他自己却患上了胃癌等多种病症，他把全城所有人的疾病都加到了他自己身上，人们为治疗他的病，倾注了全部的关心和热情。最后，他消失了。以后，有人见到云端里有一类似恐龙的怪兽渐渐向远空飞去，它背上有个人影……

《雷蒙博士和我们》，浙江少年儿童出版社，1995年2月，卜方明改编

狼 鱼

张 舟

如果你有什么麻烦，就找奇才办公室。

这天，奇才办公室来了一个人，奇才先生和助手阿龙接待了他。"我叫布什，我先让两位看一样东西。"他拿出一盒录像带，阿龙接过来，拿去放映，屏幕上显现一个巨大的水池，中间由板隔开，一边有几条小鱼在游动，另一边是一条凶恶的淡水鲨。过了一会，出来几个人，把隔板抽去，小池成为一体，鲨鱼向小鱼扑去。出人意料的是，小鱼一点也不害怕，它们躲过鲨鱼的捕杀，然后张开大嘴同鲨鱼搏斗起来。没多久，小池中只剩下一副鲨鱼骨架和撕裂的片片鲨鱼肉。

　　"3分45秒，真是非同寻常。"奇才摸着胡子，缓缓说道。布什介绍："我用了10年心血，培育出这种小鱼。它们凶残，极富攻击性，我叫它们阿拉斯加狼鱼。"

　　"我佩服您的才华，我想知道这种狼鱼将会用来做什么？"奇才问道。布什迟疑了好久才说："我是为军方服务的。半个月前，我们把狼鱼运往太平洋的一个小岛，准备进一步繁殖。谁知，途中运输船被'黑世界'组织的人劫持了。这些人不知道船中运的是狼鱼，只知船在执行重要的军方使命。劫船后，他们要求政府释放他们在押的首领，不然将船炸毁。"

　　"你们爱面子的总统当然不会答应啰。"阿龙嘲讽道。"不管哪个国家都不会答应的。我是以私人身份来的，如果你们能解决问题，有人愿出大价钱。"布什以钱作诱饵。

　　"我们不会去救狼鱼，然后让它们去害人。"阿龙抢先回绝了。布什沉不住气了："如果匪徒把船炸毁，狼鱼流入海洋，海洋里就不会有其他生物了，这，岂不更危险！"奇才笑了笑："鉴于这种情况，我决定接下这笔生意。"他说完后，请布什先到楼下去进餐。

　　布什一离开，奇才对阿龙说："我要你去把狼鱼放进大海，布什是在撒谎，狼鱼根本不能在大海生存，录像中那条鱼是淡水鲨。倘若他们真把狼鱼用于战争，又该怎样防止狼鱼由内河流入海洋呢？"阿龙说："不错，狼鱼不可能在海洋中生存，可是布什为什么要说谎呢？""他在狼鱼身上花了10年心血，绝不想失去它们。而他的政府也不会同意匪徒的条件。所以他是出于无奈。"

　　阿龙不禁摇摇头："这位布什先生也真可怜。"

《科幻世界》，1995年第8期，庄秀福改编

人体清道夫

赵 辉

该上班了，我坐上小型飞行器。到了医院门口，我折好飞行器，把它放入工作包，进入办公室。

已有一位病人在等我作检查。我用电脑为她做出诊断："是感冒，需要做Q手术。"

我是一名普通的人体清道夫，通过分子缩微机，把自己变得只有一粒药丸那么大，让病人"吞"下去。绿豆大小的飞行器载着我，我安全地到达了目的地——病人的喉管。

我打开飞行器上的荧光灯，发现喉管四周布满了HD型细菌。我拿出特殊药水，用安装在四个不同方位的喷药管，通过控制飞行器的升降，往病人的喉管上喷药液。我又取出消毒棉球，把HD型细菌蘸下来，放入口袋。

做完这些工作之后，我按了按飞行器上的X键，向同行发出了"工作完成"的信号。不一会，他们帮我从病人嘴中"飞"了出来。经过消毒，我进入分子扩大机，又恢复了自己的原状。我一看表，总共才用了20分钟。

病人从麻醉中醒来后，我问她的感觉。她说仿佛做了个梦，梦见一场大雨，给快要干枯的树木带来了一丝生机……

《科幻世界》，1995年第3期，庄秀福改编

超　脑

赵如汉

　　全球太空警戒委员会主席乔特驱车来到荒凉的康西草原，前方出现一座巨大的球形建筑，乔特知道，它就是超脑，里面由最先进的生物计算机网络并联着全球240位最伟大的科学家的大脑。这些科学家在世时个个成就卓著，现在他们在这座球形大楼里汇聚，融合成为一个整体。超脑要比240个科学家的大脑单独相加要高出好几个层次，有时它的瞬间思想闪光便会改变人类的生活。超脑几乎成了人类科技发展的主宰力量。

　　汽车在球形大楼前停了下来，乔特走下汽车，超脑的设计者、超脑管理委员会主席倪荣教授把乔特迎进大楼。乔特开门见山地对超脑说："我是为黑洞而来的。这颗命名为'终结者'的黑洞已经吞掉了一艘宇宙飞船，目前它正以8000千米每秒的速度向地球轨道飞来，两个月后它将和地球相遇，其后果是整个地球将被它吞噬，现在全人类最后的希望都寄托在你身上了。"

　　超脑沉默了一会，然后慢吞吞地说："很遗憾，几乎没有办法。"乔特感到一阵晕眩："那么，我们的地球就算完了。"超脑说："对不起，我无能为力。"乔特彻底失望了，但他准备动员全球所有的力量，与黑洞搏斗。

　　乔特走后，倪荣问超脑："你刚才说是几乎没有办法，那就是说还有一点办法？"超脑说："是的，这办法是：用意念的力量把黑洞推离它的轨道。但是，现在我的精力集中不起来。"

　　闻听此言，倪荣不说话了。

　　乔特回去之后，在一个月内几乎跑遍全球，终于动员了全世界所有的核弹对黑洞一起发射，但全部被黑洞吞掉了。乔特万念俱灰，驾着自己的专机朝黑洞冲击，壮烈牺牲。

乔特死了，超脑感到一阵悲哀，觉得对不起乔特。他试图集中意念，但还是集中不起来。

倪荣悲愤交加。他费尽口舌，劝超脑抛弃杂念，但超脑置若罔闻。倪荣最后决定，让助手把自己的大脑移进超脑，助手开始时不答应，最后只得照办。

倪荣大脑移进超脑后，超脑感到自己内部有了变化，自己的心灵深处被注入一种强烈的责任感。10天之后，倪荣的大脑完全融入了超脑，在超脑中取得了主导地位。

黑洞离地球越来越近了，超脑集中了自己的全部意念，对准了黑洞。黑洞扭曲了一阵，终于掠过地球，向宇宙深处飞去。

《科幻世界》，1995年第7期，庄秀福改编

违背传统的机器人

赵如汉

在我们星球上，有着神圣的传统，任何机器人都不得违背。有史以来，只有一个机器人违背过，他叫哈里。

主人突然去世，没留下遗言。机器人不能没有主人，于是他们到总信息库查找合适人选。他们看到荧光屏显示着：大一统历2785年9月4日生物人总数0。这就是说，我们星球上的生物人已灭绝了。老戴尔斯机器人说："这可怎么好？没有生物人，我们受谁的领导？机器人必须绝对服从生物人的指挥，这可是我们的传统呀！"大家商量很久没结果。哈里是机器人中最年轻的一个，他说只有一个办法，那就是在GSC——高级生物人合成工厂制造一个主人。

老戴尔斯颤颤巍巍地说："这可是违背我们传统的啊！机器人没

有生物人的命令不能擅自制造生物人，更何况是主人呢！"其他几个机器人则对哈里又是抨击，又是劝阻，但都说服不了哈里，他走到主人信息库，取出了主人信息档案走向GSC控制室，把档案放进输入口，按下总开关，整个工厂启动了。计算机控制中心，将按照信息档案中提供的主人的遗传信息和思维信息来制造新的主人。这时，几个机器人和哈里，哆哆嗦嗦地跪在控制室门前，等待新主人的到来。

半小时后，一个高大英俊，年轻健壮的新主人站在门口。他扫视了一下面前的几个机器人，然后往主人办公室——圣宫走去，机器人都跟了上去。

新主人披了一身红色长袍，威严地站在圣宫门口。他锐利的目光直视着哈里，厉声说："哈里，你知道你都干了些什么吗？"

"知道。"哈里说，"我……老主人去世了，没有别的办法。"

"你违背了我们的传统，这是绝对不允许的，不可饶恕的，卫士！把这个叛逆者给我肢解掉！"主人指着哈里说。

卫士们应了一声，便冲向哈里，不一会儿，哈里成了一堆破乱的零件。

《银色的幻想》，安徽教育出版社，1995年1月，邵俊平改编

孔雀蓝色的蝴蝶

郑文光

星期天，三个小姑娘到圆明园去玩，发现一只奇特的蝴蝶，竟有手掌那么大，带点孔雀蓝色，眼睛像蜻蜓褐色的大复眼。它正遭到一只小鸟的追扑。那蝴蝶翩翩飞下，停在方宁左肩，方宁轻轻用手指夹住了蝴蝶翅膀。奇怪，它怎么比一般蝴蝶多长2条腿，竟有8

条腿。

方宁说："是新品种吧。"

"是畸形蝴蝶？"唐小曼问。

"多美的蝴蝶。"徐倩兴奋地说。

方宁把它带回了家。

哥哥方治是大学物理系学生，那天外出回来，到家门口就嚷嚷："怎么今天那么多蝙蝠往咱家飞啊！"只见一只只蝙蝠朝装着蝴蝶的饭盒撞，方宁叫着："蝙蝠要吃我的大蝴蝶啦！"

"快开灯！"方治喊。

弟弟方扬跑进屋，听到"吱—吱—吱"的声音，难道蝴蝶会叫吗？

第二天，方治把蝴蝶带到实验室，轰动了教授们。

教授们通过超声接收仪，把它发出的声音录了下来，后经一一破译，此蝴蝶竟然会做算术题，还知道毕达哥拉斯定理、黄金分割、微分方程。教授编了各种算式用超声发出讯号给它，它都能正确无误地解答。

"这是只有理性的蝴蝶，说明它所生活的环境已经进化到一个十分高的位置……"方治对方宁说。

"和人差不多？"方宁插嘴。

"至少可以说，属于同一个数量级。在它们的星球上，它们就是人类，虽然与地球人类有很大不同，但肯定有不下于我们的智慧，它们就是外星人……"方治沉思地说。

"那么是从哪个星球上来的？"方宁打断哥哥的想象。

"不知道。也许我们能请它画出一张星图——在它那个星球上看到的天空星星排列。我们再根据星星位置的变化判断出它的星球在宇宙的哪一部分。"

一天，蝴蝶在桌上画了一些莫名其妙的线条后，就飞跑了。

星期日上午，三个小女孩又去圆明园了，见头顶上有8只蝴蝶回旋、升腾、上下翻飞，画出复杂的线条，仿佛在用舞蹈语言诉说着他们所在的星球、太空和遥远的世界，诉说对地球的印象和对这三个小女孩依依不舍的惜别之情！

排列成单行的蝴蝶，慢慢地越飞越高了。

《银色的幻想》，安徽教育出版社，1995年1月，邵俊平改编

冒　险

周　密

科学给人们带来充足的财富。在满足了人的基本生活条件之后，更多的人都变得酷爱体育运动，尤其是冒险行动。电视主持人为迎合大众需要，举办了"冒险运动新发明"征集大奖赛，由此推动整个"新运动"浪潮。每天都有人绞尽脑汁创造出新壮举，人们议论冒险，投身冒险，赞美、崇尚冒险。

正当人们沉浸在兴奋之中，忽然传来一条新闻：507航班飞机于今晨不幸坠毁，机上82名乘员全部遇难，造成事故的原因是一只乌鸦。第二天，天空又出现了同样事故，又有77名乘客丧生，事故原因是两只乌鸦。第三天、第四天，事故继续出现……航空局被弄昏了脑袋，公民们不愿再搭乘飞机，航空局几乎停业。

航空局从上到下，反复研究了事故原因，从乌鸦接连出现，联想到驱鸟器，他们立即向驱鸟器厂提出质询。厂长亲自做了解答，这批驱鸟器是厂里根据鸟的语言制造的最新一代的产品，它能极正确地向鸟儿发出危险警告，质量绝对不会有问题。

航空局不得已，只好去找生物研究所求助。一个月后，生物所公布了一份调查报告：由于人类对鸟类的保护和爱护，使鸟类进入

了一个崭新的时代。它们在有了富足的食品和居住条件后，大多数鸟类也开始酷爱体育运动，尤其是冒险运动……

《黑色的幻想》，安徽教育出版社，1995年第1月，周肖改编

闯入"百慕大"

蔡 耘

空间安全局的唐金纳无聊地跟踪着客艇，几乎完全由电脑控制的设备使他无事可干。突然，警报器叫了起来，一艘QLM型宇宙客艇在呼叫，它遭到不明飞行物袭击，很快通信中断。紧跟着，又一艘QLM型宇宙客艇失踪了。

唐金纳向卡尔逊局长做了汇报，并提出要亲自去探察一次，局长同意了。第二天，唐金纳驾着飞船起飞，向冥王星空域飞去。2个月后，空间安全局卡尔逊局长接到唐金纳发来的信号，说飞船遭到不明飞行物袭击。转眼间，唐金纳的飞船在冥王星空域失踪了。

唐金纳的飞船在太空中急驰。突然，一道强光射来，穿透他的右肩，唐金纳飞身跃起并发出求救信号，但毫无回音。通信系统失灵了。一艘大飞船的机械手正向他伸来，唐金纳发射激光束，截下那只机械手，大飞船也用强大的激光束向唐金纳袭来。小飞船飘来荡去，几乎要失去控制。唐金纳立即用了高能冷冻炮，一炮轰得那艘大飞船失去控制。唐金纳操纵机械手，抓住了大飞船。

唐金纳驾驶小飞船向地球驶去。小飞船在宇航机场上降落，唐金纳走出驾驶舱，骄傲地看了一眼被他俘获的大飞船。不料宇航局官员告诉他：他被K国指控攻击大型客船，国际电脑中心法庭已经受理此案。

国际电脑中心法庭开庭了。K国政府外交部发言人卡桑在宣读

起诉书，说唐金纳在冥王星空域劫持了大型空间客船，还放了录像。听了起诉后，唐金纳镇定下来，问："你们怎么拍到这部录像的？"卡桑说是在GLML时间13G，通过红外摄像机拍摄到的。唐金纳说，他的小飞船使用高能冷冻炮将空战的红外图像破坏了，怎么会拍摄到红色录像呢？卡桑拒不回答，法庭宣布退庭。

唐金纳回到安全局思索下一步对策。他给宇航机场值班员打电话，要他们保护好被俘获的那艘大型飞船。值班员告诉他，它已被K国红十字会接走了。物证失去了，谁来证明他是首先受到攻击的呢？他思索着冥王星空域发生战斗的一幕幕，他找出了空战发生的准确时间，不是卡桑说的13G，而是6 G。

此时，通信机的信号亮了，是卡尔逊局长打来电话，说K国要来讲和。唐金纳没有答应，反问局长："我失踪前发来的信号录像还保存着吧？"回答是肯定的。唐金纳风驰电掣地赶到局长办公室。正当他推开玻璃门时，看到卡尔逊局长和一位客人在交谈。局长打开保险柜，取出一盒全息录像带交给了客人，唐金纳见状随即推门冲进去。那人忙把录像带掷到桌上，掏出激光枪对准录像带开火。待到唐金纳把那人打瘫在地，录像带已大部分被烧毁，他只捡到半个指甲盖那么大的一片晶片。唐金纳头也不回地走了。

国际电脑中心法庭又一次开庭。唐金纳展示了那片晶片，亏得是全息照相，仍可展现录像带全貌，片尾记录着时间6G。唐金纳说，他发出的信号是由卡尔逊局长接收的，卡桑要卡尔逊局长出庭对证。

卡尔逊出现在法庭上。他看看唐金纳，是他的助手，又看看K国外交部发言人卡桑，他代表了一个强大的国家，空间安全局要接受K国资助。于是他歉疚地说："我似乎没有收到唐金纳发来的信号！""嗡"的一声，唐金纳脑海里骤响，眼前出现一个骇人的漩涡，使他无力挣扎，心在呼号："啊，我闯入了'百慕大'！"

《中国最新科幻故事2》，河北科学技术出版社，1996年1月，方人改编

情 伤

陈 波

　　我不顾同事们的劝阻和反对，经过8年努力，发明了"时光追录仪"。我把它对准天空，进行第一次摄像，放出的图像效果好极了。这时，我看到了中学同学——在警察局工作的袁志和他的女友柳林。他们正在E8区草坪上散步。为表达我的兴奋，我还给袁志拨通了电话。

　　那天，我十分疲倦，躺在床上就睡着了。电话声吵醒了我，是柳林打来的电话，说袁志被人用基因枪变成了白老鼠。我赶到E8区，见到了已变成白老鼠的袁志。柳林悲哀地说，他俩正在散步，一个人走过来，对着袁志开了一枪就跑了，袁志中枪变成了白老鼠。

　　到底是谁害了袁志呢？警察局里，我和柳林在等待消息。柳林的父亲、警察局长柳青华向我们走来，他对女儿说："人的基因变了就不能复原了。不要太悲伤。"他还要我陪陪柳林。

　　警察局找到了凶手，是个只有3个指头的人，他若无其事。警员给凶手"三指"戴上思想记录仪，想知道他内心想什么。但记录仪上只发出"咝咝"的噪声，"三指"在放声大笑。我立即回到实验室，取出"时光追录仪"，摄下以往的时光，把磁盘放进全息放映机。放映机显示出了立体画面，画面上出现对袁志开枪的人正是"三指"。

　　我拿了那张磁盘，来到警察局，放了录下的全息像。"三指"终于承认是自己开的枪，但没有交代作案动机。我送柳林回家，柳林的爸爸柳青华说，本来袁志下个月就要升为警察局长代替他的位置，谁知却发生了意外。他的话语中有一丝莫名的感情。我心里一动，驱车赶到警察局，警员告诉我，"三指"被放走了，是局长柳青华下的命令。

我失望地开着车在街上行驶，突然发现了"三指"。我下车追他，一直追到建筑工地。"三指"正走到电磁铁边，被电磁铁吸住，倒在地上。原来"三指"是个机器人。我把"三指"送到老同学那里，取出"三指"的主电脑，一检测，在全息画面上映现出：警察局长柳青华在密室里，命令机器人"三指"除掉袁志，免得夺了他的位置。

我到警察局报了案。第二天，柳青华被捉了起来，认了罪。柳林知道了父亲的事，眼里射出鄙视的眼光。我跟柳林走出警局，柳林要我设法把袁志变回来。我告诉他，袁志即使能变回人，也只是一个白痴。柳林流下了眼泪。

《中国最新科幻故事1》，河北科学技术出版社，1996年1月，方人改编

平面人

陈崇林

我趴在桌上做作业，听到一个声音，"你好！"一张人脸附在桌面上，有耳、目、嘴巴，像一幅肖像画，是个平面人。

平面人要和我聊天。我问他从哪儿来，他说不知道。我问他，能不能繁殖后代，他说不能；又问他，有没有新陈代谢的功能，他也不知道什么叫新陈代谢。我判断他不是生物，没有生命。

我要平面人张开嘴，让我看看里面。平面人张开了嘴，嘴里黑漆漆的，什么也没有。我情不自禁地把一只手指伸了进去。"砰"的一声，手指被炸去半截，鲜血直流。

　　三维空间可以容纳二维空间，而二维空间不能容纳三维空间，是我把手指伸进他的平面嘴巴里，造成了空间混乱。我失去了手指，他送了命，只怪我太冒失，实在对不起平面人。

《科幻世界》，1996年第6期，方人改编

奇机怪弹

程 东

放学后，我和同学李小强沿着一条小路回家。当我们走过黄土岗时，天空中出现了一架飞机。这是一架造型奇特的飞机，圆滚滚的机身，X型的机翼。咦，这是架什么飞机？这儿既没有机场，也不是航线经过的地方，这架飞机到这儿来干什么呢？

我们正在纳闷，头顶上忽然传来炸弹尖利的呼啸声，我和李小强急忙躲进一条小沟里。只听到"轰！轰！"两声巨响，紧接着传来"嗖！嗖！嗖……"的尖叫声，好像无数弹片在空中飞舞。过了一会儿，烟消云散。飞机飞远了，远处那光秃秃的土岗上也响起了炸弹的爆炸声。

"这架飞机是从哪里来的？干吗朝我们扔炸弹？"我们心中大惑不解。我俩从沟中爬出，看到地面上有许多大小一致的弹坑，坑与坑之间分布均匀，距离相等。我们轻轻扒去松土，坑里直立着一个红色的小圆筒，很像爆竹。其他坑里也都是这东西。我们挖出一只"爆竹"带回了家。

第二天上完课，我们把它拿给同学们看，大家议论纷纷，但都弄不清它是什么东西。最后经过协商，大家一致认为还是把它放回原处，加紧监视为好。这任务还是由我和李小强承担。

星期天，我和李小强又来到那片黄土岗。我们刚把小圆筒埋回原处，岗下的公路上来了一辆绿色的面包车，车上下来几个人。他们登上黄土岗，到处察看一番，有一个人说："看来这炸弹效果不错，坑内土壤疏松、湿润，坑距也合适。"

我和李小强走上前去，问他们在干什么。一个中年人说，他们是省林业局的，是在搞实验。以前用飞机播撒种子造林，但这种方法有成活率低的缺点。于是他们研制了"造林弹"。这种炸弹从飞机上投下，在一定的高度爆炸，从弹中飞出几百枚携带树种的小火箭。小火箭在微电子技术的控制下，均匀分散地钻到土里，并把土壤炸松。火箭的外壳是由一种能吸收水分的特殊材料制成的，并且含有种子在发芽过程中所需的养分，能促使树种很快发芽、生长。

"真是太棒了！"听了叔叔的介绍，我们兴奋得鼓起掌来。我国的森林覆盖率很低，现在有了这种先进的造林方法，将能大大加快祖国的绿化进程。

《科幻故事200篇》，上海科技教育出版社，1996年9月，庄秀福改编

母狼帕西

程 明

任明随罗教授攻读博士学位，主攻方向是动物器官移植。一天，罗教授告诉任明，晚上有一个聚会，要他一起参加。

在聚会上，动物学权威特威克教授讲了一头北美洲狼的故事：母狼帕西不慎被猎豹咬伤，教授收养了它，从此与它结下友谊。有重要考察他都带上帕西，让它带路。由于帕西聪明、勇敢，成了狼君的"妻子"，教授通过帕西可以影响狼君的行为。两周前，狼君受到两只猎豹袭击，帕西为保护幼狼，同猎豹展开殊死搏斗，帕西受了伤，奄奄一息。特威克教授又说，他来这里是想邀请罗教授的高徒任明前往北美丛林为帕西疗伤。

任明接受邀请。他随特威克教授来到北美丛林的一间实验室。在一间特殊病房中，任明看到一只躺在保护罩中的母狼。任明仔细地研究了母狼帕西的病历，又为帕西做了全面检查，发现它的脊柱

有严重骨折。

当晚，任明就为帕西进行了手术。他熟练地拿起手术刀，对帕西的伤口进行了处理，经过5个小时紧张的工作，手术完成了，经过1周的精心护理，帕西已经能进食了，又过了两天，帕西终于站了起来，但是仅仅半分钟，它又躺下了。手术没有问题，但母狼帕西始终不能站起来，治疗陷入困境。

此时，罗教授给任明来了信。告诉他VDS药物实验已获成功。读着信，任明脸上露出笑容，VDS是一种激活神经的高科技药物，它的产生，意味着动物头颅移植成为可能。任明想把帕西的头颅移植到一头健康的狼肢体上，特威克教授告诉他，实验室保留了一只被猎豹咬碎头颅的母狼躯体，冷冻在液氮中。

10天后，VDS药物被空运来了，任明做好了准备工作。3天后，手术开始了，任明精神高度集中，把帕西的头颅移植到了那只被猎豹咬碎头颅的母狼躯体上。3天后，帕西苏醒了。又经过半个月的精心护理，帕西能走路了，任明把对帕西的治疗经过撰写成了论文。

一个朝阳初升的早晨，任明离开难忘的丛林回国了。半年后任明收到特威克教授寄来的邮件，告诉任明帕西狼已重返丛林，并带领狼君向丛林深处迁移，他们的实验获得了成功，随信还寄来一张帕西的照片。

《中国最新科幻故事4》，河北科学技术出版社，1996年1月，方人改编

一千万包泡泡糖

迟 方

鲁发糖果公司小老板鲁刚买了台长城计算机，让儿子大发请在太空城长大的同学宇生来教他使用长城机。宇生根据控制器提供的资料判断，这台机器，拥有很多功能。鲁刚请宇生到公司当高级顾问，还让儿子大发跟宇生学习计算机。大发很聪明，学会了许多应用程序，在宇生帮助下，他决定编制一套做梦的程序。

这天放学回家前，他决定利用15分钟时间编一段"梦游泡泡糖王国"的短梦，通过通讯网送入自己家里的长城机。屏幕上显示出品名、数量、时间的讯号。大发想泡泡糖是吹的，反正是做梦，他随手敲了一下按键，10000000，时间是4月3日18时。

大发回到家，急忙进入自己房间，上床等待美梦的来临。迷迷糊糊，他听到时钟敲了6下，一种刻板的声音传来，一声比一声高，说他订的泡泡糖已经送到大门口，请他打开大门接货。他立即翻身起床，屏幕上看到大门口外停着4辆大货车。大发出去开门，机器人相继报出自己的车号，要大发指示卸货地点。

大发吃惊了，他做的梦成真了。怎么办？4辆车的泡泡糖家里怎么也放不下；送到店里，爸爸要生气；送到学校去组织吹泡泡大奖赛，都不行。送货的机器人催得很紧，他们工作是有时间限定的。大发要求退货，司机说他们接受的指令只是送货，没有处理商务的权力。

大发没办法了，只好冲进房间向宇生求救。在长城机的键盘上敲入了宇生家的通讯码，宇生正好在家，他问了软件路径，一测试，是大发接错了线路，接通的不是梦境，而是商业网络。鲁大发急着求宇生想办法，请宇生帮忙退货，宇生答应想办法。宇生接通了国际商务专家信息系统软件，结果巴西、日本、德国都来电要货，巴基斯坦KEN商行要求全部包销，并且很快经过食品进出口公司机器联网，签订合同。大发刚喘出口气，鲁刚风风火火赶回来，看到门口的泡泡糖高兴非凡，他正到处在觅货。听儿子说已经出口巴基斯坦还表示歉意，鲁刚哈哈大笑夸儿子能干，青出于蓝胜于蓝。他向宇生表示感谢。宇生也很高兴他的梦境生成程序调试成功。鲁刚兴奋地对儿子说："大发，店里由你妈顶着，咱俩赶快吃饭，吃完饭就上床……"

"做梦！"父子俩异口同声地大声说完都笑了。在屏幕上的宇生也笑了。

《深红色的雕塑像》，广西科学技术出版社，1996年10月，卜方明改编

海峡、长桥和怪球

达世新

海洋科学院交通建筑研究所的肖风带着儿子乘轮船到厦门去度假。在途中，收到所长李云晓的一封电报："肖风，信悉。附来的海峡大桥设计草图已阅，所想极为新奇又极有价值。请速回。"

肖风很纳闷，他在给所长的信中并没有附任何图纸啊！前天，他们所里举行了"连接台湾海峡两岸陆上交通"设计方案论证会，肖风在会上提出了一个先筑人工岛、再挖隧道的方案，遭到了同行们的否定。大半年的设计使肖风疲惫不堪，眼下又正是儿子放暑假，所以他给所长写信请了假，陪儿子到厦门旅游。

现在所长让肖风速回，所以他在厦门只玩儿了一天，就往家赶。他回到家顾不上休息，就到所里去。到所里时，下班时间已过，静悄悄的。他看到楼前的大草坪上放着一长溜由小到大的白色圆球，小的有圆桌那么大，大的有5层楼那么高。肖风问传达室老王这些球是干什么用的，老王说："据李所长说，这些球是根据你的造桥草图做的，这几天正在搞实验。"

"我从未设计过用大白球造桥。"肖风心中说。但此时所中已没有人，只能等到明天再说。

第二天一大早，肖风赶到所里，他儿子跟在后面，径直来到所长办公室，肖风对所长说："所长，我没给您寄过图纸呀。"李所长从抽屉中拿出一张纸："你瞧，图就画在这信纸的反面！"肖风接过纸一看，马上明白了，原来当时写信的时候，误把信写在儿子图画纸的反面了。儿子画的图是：几只巨大的气球，把一架长桥吊举在海峡之上。

肖风的儿子插嘴说："李伯伯，那你们准备照我的画建海峡大桥啦？"李所长说："噢，那可没这么简单。经过研究，我们找到了一种真正能用来造桥的水泥气球。把几个内充氢气的钢筋混凝土大气球编成一组，就能吊起几百吨甚至上千吨重的物体。如果这种气球两个并列地串起来，串成长130千米以上，把两端固定在台湾海峡两岸，再用一条高强度、高韧性的塑料路面覆盖并连接在这串气球上，一座悬浮长桥就诞生了。这样的桥造价低廉，不影响桥下航行，还有较强的抗风性能。如果再配上电脑自控球内气压装置，那桥的质量就更高啦！"

"真是太妙了！"肖风和儿子异口同声地说。

《科幻故事200篇》，上海科技教育出版社， 1996年9月，庄秀福改编

暗 恋

戴 红

卫卫是我的私人电脑，在我为她输入感情程序后，她为自己设计了漂亮的脸形。我在荧光屏里看到那涂抹得很妖艳，却略带稚气的面孔，禁不住发笑。近来，我发现她越来越爱化妆。

一次，我求卫卫一件事，我遇到了一个女孩，她很美，也很可爱、温柔，我找卫卫给我当参谋，怎么向女孩表白。卫卫听后，脸倏地变得苍白，又慢慢恢复状态，要我把资料给她。我滔滔不绝地介绍起我的心上人。

卫卫出神地看着我，眼里充满幽怨与凄楚。我讲完后，深深地吐了口气。卫卫说，要等到明天才能告诉我结果，因为电脑也要思考。

第二天一早，我冲进电脑室，惊呆了，卫卫已熔作一团，像被高温烘烤过。地上有几张纸，是卫卫留给我的。纸上说："你给一个没有感情的电脑输入感情，却又对它视而不见，甚至让它为你追求女孩出谋划策，你撕碎了我的心！感情的程序叫我痛苦万分，不能自拔。所以我选择了一个绝望女人的路。我还想让你知道，我爱你！"

《科幻世界》，1996年第7期，方人改编

海底除魔

范 汜

2510年，一艘停在百慕大群岛的游艇里的游客早已进入梦乡。突然，从海底冒出3只呈三角形排列的脑袋。那似狗似熊的怪物——"三头狗"，跳上游艇时发出的长鸣声，惊醒了游客。游客毫无反抗地被恶狗咬死。

经尸体解剖证明，游客是在受到次声波伤害后被恶狗咬死的。恶狗会发出次声波？它又是从哪里来的？

人称"黑豹"的大卫和"金狮"的丹尼尔在基西拉海峡垂钓。突然，他们看见一艘着火的飞船，上面有来自梅罗星的标志"ML-11"。"赶快抢救"，他们从海底救出了两只水獭和来自梅罗星的罗克和拉拉。从与罗克和拉拉的谈话中，了解到长蛇星人梯丰一伙要进攻地球。

大卫接到百慕大群岛的报告后，独自一人前去侦察，在出事地点了解情况后，就乘微型"水滴"号潜水艇沉入海底。突然，潜水艇被卡住了，而两艘似鲨鱼的潜水艇和"三头狗"围在"水滴"号潜水艇旁边，看来敌人想活捉大卫。在这千钧一发之时，大卫的朋友丹尼尔赶到了。在"三头狗"还在注视着大卫的时候，两只水獭悄悄地逼近，猛地朝"三头狗"扑去，"三头狗"没有吭一声就去见上帝了。敌人发现大卫的援兵到了，突然向"水滴"号潜水艇射出一道光束，想用激光钻孔，让海水灌进潜水艇，淹死大卫。丹尼尔驾驶的"海神号"撞向敌舰，发出了激光束，敌人的鲨鱼似的潜水艇爆炸了。就在同时，另一艘潜水艇也爆炸了，原来，罗克和拉拉是两栖生物，他们在海底将磁性水雷贴在了另一艘潜水艇上。

敌人被消灭了，但是制造"三头狗"和鲨鱼似潜水艇的长蛇星人不甘心失败，大卫、丹尼尔和罗克、拉拉，决心为捍卫正义而坚持战斗到底。

《少年科学》，1996年第1期，高毅敏改编

根 源

郭 曦

清晨，电话铃声把我吵醒，是院长……都是刘力拉我去赌博被捉住了，院长是要我去领处分通知。一早，我来到院长办公室，院长解释说冤枉我了。原来，刘力说我是去找人的，没有去赌博。院长还说院里有一个出国考察的名额，刘力放弃了，就给了我。我真要感谢刘力，让我有了出国考察的美差。

就这样，我来到美国。从各国来的13名科学家组成了一支探险队，要到亚马孙河流域热带雨林进行考察。在我们之前，已有8支探险队去了那里，但没有一人回来。我意识到这是去送死，刘力的险恶用心我终于明白了。我抽空打了个电话，把刘力大骂了一顿。

考察队原来只有13人，出发前多了一个，他叫孙定志，是数学家。我真不明白，数学家跑到这里做什么？孙定志说，他在研究混沌理论，描述真空世界的运转。考察队来到一座小村庄，晚上队长康姆特把我们召集起来，说明了考察目标和范围。原来，亚马孙河中上游一带有一处奇怪的地区，一旦误入就出不来。这里是最后一个补给点，再往丛林深处，就只能靠自己了。

第二天，天气很好。我们向南行进了50千米后，康姆特让大家安营扎寨。

翌日我们在营地周围考察生物种群的分布，奇怪的是我们总在原地转，难道迷路了？物理学教授哈尔勒说，这是由于引力异常所致，由于某种原因，使本来正常的空间发生了扭曲。孙定志说，物理学研究的是物体的规则运动，可用线性方程来描述。现在遇到的是自然界中的一部分，需以非线性方程来描述，这里的一切无法求解，无法预测。

这几天天公作美，我们又继续前进，谁知又来到昨天迷路的地方。哈尔勒用仪器对这里进行了全面考察，发现地磁力线呈环状分布，它的中心引力极大，我们决定向神秘地进军。到了目的地，树木贴近地面横向生长，鸟儿在树顶盘旋发出怪叫。突然一声惨叫，队长康姆特被一根藤蔓卷了起来，待我们把他救出时，他已断了气，胸骨、肋骨全部被压碎。

天明后，我们继续考察。哈尔勒说，这里是一个扭曲的空间，我们无法找到回去的路了。孙定志说，这里原是一个稳定的系统，我们误入后，平衡被改变了，以后的事难以预测。

化学家乔治在一处平原上发现了6根巨石柱，它们十分坚硬。我们用"恐龙钻头"一钻，柱子被撬开了，冒出一股黄色烟雾，随之发生了有机磷中毒。我也昏睡了过去。

等我醒来时，哈尔勒告诉我，我已昏迷3天了。还说发现一个巨大的怪物，杀死了我们4个人。我对那个怪物身上的一片磷甲进行了分析，发现它的基本构成中主要元素是硅。哈尔勒坚持说，这里的确是一个扭曲的空间。

好不容易熬到天亮，现在我们只剩下3个人。孙定志说，那只怪物四处流窜杀人，我们必须干掉它。于是，哈尔勒开始设计、组装一个能发射高能粒子束的武器。整夜我们都不敢合眼，待到第四天午夜，我发现一个巨大的黑影向我靠来，我大声喊了起来。哈尔勒发射了高能粒子流，射倒了那怪兽，我终于脱险。但孙定志已受了重伤，他吃力地说："这儿的一切就是自然界真实运转的范例。我来这里就是为了要看这一切。"说罢，他就死去了。

哈尔勒和我默不作声，各自想自己的心事。正在此时一架过路的直升机飞过，我们立即发出了求救信号。幸喜直升机发现了我们，使我们死里逃生。这次考察的唯一成绩就是那片怪兽的鳞甲。

两个月的旅行仿佛过了一辈子。机场上有人来接我们。一位头发花白的中年人对着我说话。我看着他,想不出在哪儿见过他。他说,他就是刘力,20年没见了。我怔住了,难道扭曲的空间还会影响时间运行吗?果然,20年过去了,一切都改变了,我仿佛又到了另一个世界。

《中国最新科幻故事3》河北科学技术出版社,1996年1月,方人改编

一场价值无量的虚惊

郭昭塘

学校举行运动会,晓岚站在5000米的起跑线上,等候发令员发起跑令。突然,广播里传来广播:"接市气象台紧急通知,一大片乌云从偏南方向向我市快速推移,马上就要到达我市上空,今天我市将有大暴雨。接此通知后,校运组委会研究决定,立即停止比赛。请大家回教室待命。"

广播结束不久,随着惊天动地的雷声,乌云像大军压境一样把整个天空罩得严严实实,仿佛发生了日食似的,眼看一场大暴雨就要倾盆而下。可是,两小时后翻滚的乌云远去了,天空豁然开朗。同学们议论纷纷:"一场毫无意义的虚惊。"

晚上电视台播放一条新闻:"我国人工控制远距离输送水蒸气技术取得突破性进展。这项技术的关键是利用无线电波作动力,操纵和驱动水蒸气往预定目标运动,在运动中利用无线电波约束水蒸气团,防止水蒸气散发和下落,这项技术居世界领先水平。这次人工控制远距离输气试验的'取气'地点是长江下游的梅雨区,经过3000多米的人工长途输送,于今天上午准确地到达目的地——塔里木盆地,并在方圆500平方米的范围里降了雨,平均降雨量达20

毫米。"

第二天，同学们议论纷纷地说："昨天的一场毫无意义的虚惊，原来是一场价值无量的虚惊。"同学们的议论使晓岚的脸上露出了微笑。

《少年科学》，1996年第5期，高毅敏改编

竞争世界

韩 楠

碳基生命寒南是一个弱者，天生不才，靠阿Q精神胜利法得到自我安慰，相信有一天会成为强者。

寄生生命阿亚，飞过蓝色小行星时，看见上面有无数生命，便降落在一个海拔200多米高的地方，找到了高级生命——碳基生命寒南。一阵强烈的银光，寄生生命已寄生在碳基生命寒南的神经中枢上。

奇迹出现了，寒南变得空前聪明，学习和考试应付自如，特别是在生物学方面成绩突飞猛进。寄生生命发现寒南结构不完善，没有竞争意识，为此，为寒南消灭了抑制竞争的褐色素，寒南从此感到自己有了目标，要超过一切人。寄生生命到地球已10年了，和寒南为了一个目标而奋斗。寄生生命发现褐色素是抑制竞争的平衡剂。

寒南发现褐色素的抑制竞争作用，从而获得诺贝尔化学奖。联邦总统要求所有人注射褐色素激素。于是，就没有人再来竞选总统了。但是，寒南没有注射药物，成了世界上唯一有竞争意识的人。寒南参加竞选，轻易击败对手，当选总统。

寒南上任后，将公民选举制恢复为中央集权与世袭制度，总统位子保留到他死，并传给后代。寒南拥有一切，但却发觉很孤独、

迷惘，因为世界上没有竞争。他没有了目标；没有竞争就没有进化，不进化就会灭亡。

《科幻世界》，1996年第8期，方人改编

翠绿的静怡园

郝明松

进静怡园前，园主任给我一张入园卡，"这……"我有点奇怪。园主任笑笑对我说："当你把卡插入电脑时，光子体检仪会检查你的健康情况，然后输入中心，中心马上能制定出一套完整的医疗方案。"

参观时，园主任滔滔不绝地向我介绍："在我们静怡园上空，撒了一层隔热金属离子，这样，我们静怡园里的气候一年四季如春。"

"怎么走了半天，不见一位病人和医生？"我问道。园主任说："这是我们发明的同步生活、同步观察、同步治疗、同步护理的方法，消除病人与医生之间的距离。在这里，病人不必为吃药、打针、化疗苦恼，因为我们通过衣服里的光纤导管把药物注入病人的体内。"

"这是游泳池，里面放入了人体所需的矿物质，让皮肤自然吸收。游泳池的水底有自动悬浮垫，一旦发生不测，悬浮垫马上会把溺水者托起。"

"这里是营养配合中心。他们根据每个人的身体情况，进行合理搭配菜肴，病人不但能吃上美味的菜肴而且营养丰富。"

"我们这里的病人手术后，使他们闻特制的催眠药物，让他们一直生活在夜晚的环境中。待他们的伤口痊愈后，药效也慢慢完了，病人仿佛只睡了一个晚上。"

我走进大楼，仿佛来到了艺术世界、博物馆、运动场、水族馆、动物馆……

"你们这里的医疗水平一定很高。"我说道。"我们这里的康复率在90%，还有10%的人未能康复，我们正在研究，争取达到100%。让每一位到我们这里来的人，都高高兴兴地回去。"

《少年科学》，1996年第12期，高毅敏改编

幻　灭

何光辉

我和小玫争吵了起来。小玫在为偷走了太阳系能源分布磁碟的玉龙辩解，说他拿走磁碟一定有他的苦衷，还说要找玉龙一起去雅塔星球。就在这时，玉龙钻了出来，用激光枪对着我，还要小玫驾驶飞船向雅塔星前进。我正要摸枪，玉龙一记重拳把我打昏。

我醒来时，看到飞船上多了几个绿皮肤的人，每人手里提着一件武器。当飞船到达雅塔星时，一只有力的爪子抓住了我，把我拖出舱门。眼前是一个巨大的洞穴，如迷宫一般，飞船停在洞口处。小玫、玉龙、我，还有几个绿皮肤人，通过一条通道进入一个大厅。大厅中央，坐着雅塔皇，许多像章鱼触手一样的东西从四面八方伸到这儿。

玉龙从腰间摸出那块磁碟，说："雅塔皇，我把它拿来了！"这些绿皮肤人发出一阵狂笑，停了会儿问："这两个地球人怎么处置？"

玉龙不加考虑地说："杀了他们。"

这时，小玫终于明白，玉龙是个小人，利用她取得磁碟，她还帮他逃跑。小玫流着眼泪，心理充满仇恨。

我和小玫被关进一间小屋。小屋里还关着一位老人，他也是地球人，还是宇宙博士。我和小玫见老人和蔼，就把发生的事讲了一遍。老人说："玉龙也会落得和我一样的下场。"原来，老人也曾想成为一个统治宇宙的人，他通过对星体的研究，发现了雅塔星。但是，这颗星早已被一伙雅塔人控制。雅塔人利用老人的知识，在宇宙中横行。当雅塔皇发现老人有野心时，便把老人关了起来。

我问老人，为什么雅塔星要那张磁碟？老人说，雅塔星是颗流浪星，能源不足，要是找不到充足的能源就会毁灭，所以到太阳系来窃取能量。他还说这颗星破坏力很强，很可能使太阳系受到重创，毁灭几颗行星。听到这里，我吓出一身冷汗，和小玫，老人一起商量对策。

玉龙一直在雅塔星上等待机会杀掉雅塔皇，控制流浪星。雅塔皇用中心电脑调查了玉龙的大脑活动，发现玉龙的大脑灵敏性极好，超过所有雅塔人。

一天，雅塔皇通知玉龙来到大厅。无数触手伸了出来，缠住了玉龙。接着，又伸出几只机械手，对玉龙进行了移植手术，玉龙的部分脑组织成了流浪星的一部分。

还有3天，雅塔星将冲入太阳系，雅塔皇会出其不意地攻击太阳系行星。我们感到事情紧迫，必须马上行动。我们每人怀里放着一个由博士小心隐藏起来的微型激光器，然后在小屋里大喊大叫，要见雅塔皇，说有要事相告。

我们被送到雅塔皇所在的大厅。小玫对雅塔皇说，玉龙的那张磁碟是假的，我们能拿到真的。正当雅塔皇听小玫讲话时，博士扣动了激光器，一道红光击中雅塔皇。我也用激光器解决了几个绿皮肤人。

整个星球开始颤动。博士说，星球的自动毁灭系统启动了。我们跑出大厅，转过通道，找到停在洞口的飞船。飞船以接近光速的

速度离开这颗流浪星。当我们回过头时，那颗流浪星爆炸了。

我们胜利了，我们在飞船上欢呼。

《中国最新科幻故事3》，河北科学技术出版社，

1996年1月，方人改编

琳娜与嘉尼

黄东涛

爱丽丝小学四年级A班班主任女教师舒琳娜上午没来，也未请假，男生王嘉尼也旷课。教导主任徐川在代课时听说舒琳娜昨天身体不舒服，今天想去看医生，又听说舒将与其未婚夫移民去加拿大。

王嘉尼昨晚梦到他最喜欢的舒琳娜老师要离开他，离开他们的学校，移民去加拿大……他哭醒之后失眠了。想到舒琳娜老师不会再来，他打碎了存钱用的小瓷猪，拿着钱逃学了。

舒琳娜和未婚夫傅翰约好在旋转餐厅见面，准备上街买移民去加拿大的必用物品。早上她感到头痛，但还是如约来到旋转餐厅。他们在餐厅见面后，突然看到情绪不安的王嘉尼正在快餐厅里喝可乐，又见他突然往大门外跑去。舒琳娜飞快地冲出门追了上去……

舒琳娜来到机械人制造公司，要定做一个和她一模一样的机械人，主要是为了王嘉尼。王嘉尼今年9岁，独子，3年前父母遭车祸双亡，对他刺激很深，后由姑姑收养。琳娜任班主任3年，非常疼爱他。在她的关怀、鼓励下，嘉尼一改以往孤僻行为和顽劣性，勤奋读书且成绩甚好。她担心走后嘉尼会变坏，毁掉他的前途，便不安心。因其他几位老师曾对他进行过体罚和当众批评，他至今还怀恨在心。机械人公司经理说只有舒琳娜和孩子之间同时都发出一种

电磁波，才能互相感应对方。舒琳娜把所有资料都交给经理，经理答应尽快妥善制成一个跟她一样的机械人舒琳娜。

3天后嘉尼和机械人舒琳娜老师都回到学校。校长批评舒琳娜(机械人)违反了学校的请假制度。经过一段时间后，机械人逐渐适应了舒琳娜的生活环境，和真人没什么两样。嘉尼也不觉得老师有什么异样，只奇怪她走路的声音比以前大。10个月相安无事地过去了，嘉尼每天按时上学校，学习成绩优异，机械人舒琳娜对他充满爱心。一天，机械人舒琳娜体内一个零件坏了要去修理，请了事假，以前他们师生心灵沟通，可这次嘉尼却不知老师为什么不来？病了？什么病？他大哭起来，代课老师和全班同学吓了一大跳。他狂奔着跑出教室。

这时，在加拿大温哥华的舒琳娜正捧着嘉尼照片在流泪。来到异国已病倒几次，她似有心灵感应，好像还从照片中听到了嘉尼的哭声。

平安夜，嘉尼独自在偏僻的公园里玩着老师两年前送给他的生日礼物——电子遥控玩具汽车。他不能忘记老师的安慰与教诲，他也已经知道现在出现他跟前的老师是机械人。但为什么老师要骗他，弄来个虽也有爱心，但心灵深处不能沟通的替身？他想不通……

这时有个人影走过来，一个长着青蛙般丑脸的小孩说要跟他一起玩。他用手一挥，汽车就开动，手摊开，汽车就从地面向上腾空……

嘉尼感觉这不是个普通小孩儿。小孩儿指着遥远的星空说："你和舒琳娜老师有心灵感应。自从她移居加拿大后身体一直很虚弱，我现在可以告诉你她在那里不习惯，很想念你。我不忍心，把你的情况告诉了她，她听完哭了……你们的事也感动了我。我愿为你们传递信息，可我希望你和其他老师也要相处好，他们不正确的态度要改正，你也不能用不正确的方法反抗……"嘉尼点点头，惭愧地低下头。小孩儿又解释说，老师是在无法可想之下安排了机械人舒琳娜代替她，她内心是相当痛苦的……她在那儿生活不习惯，决定回小岛再到爱丽丝小学教书……明天就回来……嘉尼的心激动得狂跳，此时小孩儿也消失了。

舒琳娜真的回来了，她和机械人舒琳娜、嘉尼三人一起照了相。机械人舒琳娜因爱心成功获得金杯奖。照片刊在十几个国家大报新闻版上。

《勇破三脚怪人城》，广西科学技术出版社，1996年11月，赵滁先改编

奥运奇闻

黄水清

世界各大报刊都在头版头条登出了特大新闻：身高3米，现年18岁的Z国运动员李机英，在奥运会上一人独得径赛、田赛、体操及游泳等金牌20块。更为令人惊叹的是，他创造了新的百米跑纪录：不足5秒！

想不到第二天，舆论又纷纷指责李机英服用了兴奋剂。可是，经严格检测，证明李机英并未服用兴奋剂。至此，舆论平息。

谁知第4天，数百家报刊又登出猜疑：李机英是外星球来的超人吗？或是生了巨人症的病人？为此，奥运会主席只得又派一个调查组赴Z国实地调查。在Z国，调查组查了李机英的家谱，又化验了他家3代人的血液，甚至还抽了骨髓进行化验，一切都证实：李机英是一个实实在在的普通人。

在奥运会闭幕式上，李机英忽然跑到主席台上，向奥运会主席退回了20块金牌和全部奖金。面对全场观众的迷惑，他发表了一段

简短的讲话："亲爱的观众，我之所以这么做，是因为我诚实的心一再催促我告诉大家：我是父母亲科学实验的成果——基因人。我的父母是生物学家，专门研究基因工程。他们在我身上分别植入猎豹善跑、猴子攀树、袋鼠跳跃、海豚善于游泳的基因，才使我跑得快，跳得高……"

听了李机英的话，观众席上响起了一阵热烈的掌声。与此同时，正在家里看电视转播的李机英的母亲对着电视机叹息道："傻小子，你怎么都退了呢？"忽然，她似乎想起了什么，忙质问李机英的父亲，"我亲手提取的狼的贪食基因，你有没有植入孩子的身体？"李机英的父亲笑着说："我老实交代，它还在冷库里搁着呢！我经过研究，狼的基因一旦植入孩子的身体，他会变得像狼一样贪婪凶残，我们如果那么做，不觉得扪心有愧吗？"

母亲说不出话来。这时，电视里又传来了奥运会主席的讲话："为表彰李机英的诚实和他父母成功地培养出基因人，特授予李机英奥运风格奖，授予其父母奥运科技奖。同时，我宣布，当地球上的基因人达到100个的那一年，将举办首届地球基因人奥运会。"

"呵——！"父亲欢呼道，"我们的基因工程将改变人类，改变世界！"说着，他伸展双臂，把妻子紧紧地抱在怀里。

《少年科学》，1996年第10期，高毅敏改编

星空的诱惑

江渐离

　　哥第亚纳星球上的阿尔法与妹妹贝塔等四个小伙伴，准备用少年科学奖金造一艘飞船，到卫星塞西娅以外的太空去看看。设计过程中的难题是缺一台次空间加速器。因为三维立体空间由长、宽、高三轴组成，科学家又预言了四维空间的存在，第四维是一条时间轴，称为次空间，人类可以停留在第二种空间。有了加速器，就能达到光速几倍的速度，进入次太空。后来，贝塔在妈妈的实验室里弄到一台加速器，飞船终于造好了，他们把它取名"勇士号"。尽管受到当局的电波阻止和飞船的拦截，他们还是继续他们的行动计划。

　　在嘎尔弗星球上有一个残暴的皇帝，生活奢侈。人民不堪压迫，起来反抗，皇帝动用庞大的军队镇压人民，使他们沦为奴隶。为了推翻暴君，奴隶们终于在一颗卫星上建立了"反抗者同盟"，但他们的武装飞船和皇帝巨大的舰队相比力量悬殊。当他们正在太空中激战时，"勇士号"正好飞到嘎尔弗星球。皇帝的舰队看见"勇士号"，立即用小型攻击器发射炮弹，"勇士号"连中数弹。阿尔法权衡之后，把能量系统连接起来，发出闪电，小型攻击器纷纷化作青烟，巨舰也整个抖动起来，碎成几段。但是次空间加速器也耗光了全部能量，"勇士号"已无法起飞。反抗者同盟见"勇士号"安然无恙，十分佩服，帮助阿尔法把飞船牵引到不远的罗碧庭星。

　　中国少年李沙海等想到嘎尔弗度假村去看看，他们乘坐的"中国龙号"航行在金红色的负离子引导带上。贝塔发现了地球的飞船，它长着四肢。地球人用"万能翻译器"与他们接触后就熟识了，哥第亚纳人对地球十分向往，2304年地球上接待外星朋友已是常事，于是李沙海等将他们带到地球上，住在自己家中，并带他们周游了全世界，使他们大开眼界。后又把他们的飞船修理得十分牢固，并制订"三国演义"的作战计划，两艘飞船抵达嘎尔弗星球后与皇帝舰队决战，将皇帝的舰队打得落花流水。李沙海决定与皇帝谈判让他停止暴政，把霸占的一切还给嘎尔弗人民。皇帝不但没有诚意，反而叫卫兵将他们捆起来。在李沙海和阿尔法的鼓动下，卫兵们掉转枪口，将皇帝打入监狱。嘎尔弗人民已经行动起来，推翻皇帝暴政，得到民主和自由。

李沙海等几个少年按他们的行动计划飞回地球。阿尔法在庆祝胜利的典礼后，由他父母亲接回哥第亚。

《星空的诱惑》，江苏少年出版社，1996年8月，陈家俊改编

白　梅

江　澜

白梅和伙伴们登上"灰鸽"号直升机，到丛林岛去旅行。她临行前对未婚夫尚明说，她们一个月后回来，可是45天过去了，还没见她们回来。

尚明是"空中不明现象调查委员会"委员，得知"灰鸽"号失踪心急如焚。他驾着专用飞机去搜索失踪的"灰鸽"号。他不顾疲劳，日夜搜索，心中呼唤着白梅的名字。终于，在一个灰色的丛林中发现了"灰鸽"号。尚明把自己的飞机降落在附近，登上"灰鸽"号。这儿一切有条不紊，看不出发生过任何暴力。他在机舱里找到了一只黑色的小狼狗，它是"灰鸽"号里留下的唯一生命。尚

明叫它"黑黑"。一天晚上，尚明带着"黑黑"参加会议。会前，他把"黑黑"留在会议室门口，会议开始后先放录像，银幕上出现了飞碟自远处飞来。"黑黑"看到飞碟，径直向银幕扑去，银幕被撞得直抖。尚明说，"灰鸽"号的遭遇一定与飞碟有关，狗看到银幕上的飞碟就记起了那天发生的事情，飞机上的人员准是被外星人劫持了。

几天后，尚明在报上看到一则名为《丛林岛的飞碟》的报道，他决定去拜访作者柳青。尚明带着"黑黑"驱车赶到柳青住所，只见柳青的住所已化为灰烬。当地居民说，柳青两天前外出旅游，昨晚一个橙绿色的光团悬停在柳青房子上空，一会儿房子就起火燃烧，化为灰烬。

尚明想到丛林岛去看看，也许柳青去了那里。突然，"黑黑"竖起耳朵注视着天空，一道绿色光流照射在"黑黑"和尚明身上。尚明感到脑袋剧烈疼痛昏了过去。清醒过来时，他发觉"黑黑"失踪了，飞碟也已离去。他决定到丛林岛去，这是找到白梅的唯一希望。

记者柳青喜欢旅游，更喜欢猎奇。"灰鸽"号出事那天，她在丛林岛发现一架直升机降落在岛上，又发现直升机上空悬着一个发橙绿光的物体。她拍了一张照片后，那飞碟划空而去，直升机里已空无一人。她返回后便写了那篇《丛林岛的飞碟》的报道。这次她又来丛林岛，想揭开飞碟的秘密。此时一件意外事情发生了：巨石突然崩开，一个巨大的飞碟腾空升起，发出阵阵轰鸣声。现在她知道了，这丛林岛原来是飞碟基地。一束绿光罩向她，她便失去了知觉。

尚明这时也来到丛林岛，发现一束光柱罩向柳青。他想大声提醒柳青，但同样的光束也罩住了尚明。

尚明醒来时，发现自己躺在一个菱形房间里，一个声音告诉他，他们是外星智慧生物，"灰鸽"号上的人是他们的同类。他们考察了地球及人类后，将返回自己的家乡。尚明问："白梅在哪儿？"一个侧影道："我就是白梅。我要同我们的人一同归去，为了实验，我带走'黑黑'。你必须忘掉我。柳青姑娘聪明美丽，我已给你们的大脑输入两项指令：一是你们俩会相爱；二是你们以后谈到我时会中断思路。再见吧！"

尚明和柳青被放在城市郊区，当他们睁开眼时，一个小亮点在空中飞速离去。他们很快相爱了，并从不向外人谈起外星人。

《中国最新科幻故事4》，河北科学技术出版社，1996年1月，方人改编

寻找本案目击者

姜彦海

B市公安局在举行案情分析会：周邦彦教授被杀，两份国防绝密文件被盗，而现场没有留下蛛丝马迹，只是死者右手握着的钢笔，指着窗台上一盆含羞草。这盆花是周教授的老友植物所的郑玉林研究员所赠。

刑警队长王忠平和刘凯找到郑玉林老人。老人讲，植物有记忆，可利用频率震颤超声波来同植物对话，识别谁是凶手。郑玉林带他们来到植物所，将那盆含羞草放在测试台上，根、茎、叶上夹满电极。各条线路信号通过各种仪器，最后输入计算机。

郑玉林启动了汉字系统，计算机运行对话开始了。王忠平队长要含羞草提供案发当天的情况和罪犯特征。含羞草叶子瑟瑟发抖，说周教授死因是由于被注入毒药，验尸结果证明周教授确实是被注射毒药致死的。郑玉林又说，要大量接收含羞草信息，需要进行心灵感应。

王忠平、刘凯欣然同意。于是三人身上连接了大大小小的电极，郑玉林要王忠平他们做深呼吸，默念一则古老的咒语。结果，奇迹发生了，王忠平脑子里浮现出一幅幅画面：周教授在工作，门慢慢开了，闪进一个高大的外国人，向周教授逼来……

王忠平他们马上行动，根据含羞草提供的信息，找到了罪犯：伪装成Z国来华旅游者黄自勤。特警部队包围了黄自勤的住所，罪犯束手就擒。

《中国最新科幻故事1》，河北科学技术出版社，1996年1月，方人改编

冰原迷踪

金　涛

24世纪的一天，各国的新闻镜头都对准了日本的札幌雪节，漫天飞舞的雪花中，到处是紧张的竞技和欢快的笑脸。忽然，镜头摇过一个男人，他50来岁，圆脸、扁平鼻子，带着变色镜，给人一种神秘的感觉。

一个稍纵即逝的镜头，引起了多方面的警觉和注视。

他是谁？国家科技调查部请来了老船长沈志挺，他最有发言权。果然，老船长一看录像便感到一阵晕眩……

毫无疑问，录像上的人叫吉野荣夫，日本著名的极地科学家，但是，沈船长肯定地说，这个人早在10年前就失踪了！与他同时失踪的还有考察队队长桑岩和极地气象学家哈迪姆。

沈志挺永远忘不了那惊心动魄的一幕：南极国际科学考察站——"希望站"被困在暴风雪中，他奉命驾驶破冰船执行接出考察队员的任务。风疾浪涌，破冰船无法靠近冰缘，只好用直升机了。当第一批队员刚刚撤出之后，突然发生了冰崩！冰崖上"希望

站"顷刻散了架，连同整个冰崖訇然倒塌，瞬间被冲天的巨浪吞没。桑岩、哈迪姆和吉野从此消失了。

现在，吉野荣夫竟出现在札幌雪节，那么桑岩和哈迪姆呢？"希望站"究竟发生过什么事情？还有多少鲜为人知的秘密被冰雪掩盖？

这一连串问题，别说沈船长，就是桑岩，当时也浑然不知。

在桑岩的眼里，"希望站"的考察队员都是来自各国的优秀科学家。吉野也一样，虽说有点孤僻，但非常敬业，是公认的工作狂。

这天傍晚，吉野未按时归站，而冰原上卷起了暴风。桑岩和大伙都十分着急。他们深知，极地的夜晚凶险莫测，奇寒能在几秒钟内要人的命。桑岩和哈迪姆不顾个人安危，驾着雪地车驶进茫茫雪原，四处寻找吉野。

暴风雪愈来愈肆虐，哪里有人迹呢？雪地车渐渐不听使唤了，像脱缰的野马，陷进了一条流动的河流中。

南极冰原怎么可能有流动的河水呢？两个人面面相觑。这时，隆隆地开来两辆水陆两用坦克，他们莫名其妙地做了俘虏。

夜越发深了，黑牢的门被悄悄打开，吉野闪了进来，不由分说地领着他俩逃出来，钻进雪地车，飞快地开走了。

一会儿，眼前出现了梦幻般的世界，无数灯光闪烁，啊，一座冰雪城！穿过冰下隧道，整齐的街道迎面而来，水晶般的街灯、童话般的冰屋，偶尔一两盏纸糊的风灯悬在屋檐下，点缀着冰城的万种风情。

这座冰城叫作富士村，建于23世纪末。23世纪，日本本土频繁受到自然灾害的袭击，地震、火山爆发不断，加上人口过剩、环境污染，政客们把目光盯住了南极大陆：辽阔的地域，丰富的矿产、富饶的海洋资源，一切都让他们垂涎欲滴。开发南极的移民计划一出台，就遭到了以森田一郎为首的科学家的反对。他们指出，这不仅违反国际公约，而且会导致南极生态环境的破坏，后果严重。为此，森田教授差点送了命，而计划仍然进行了，只不过更秘密、更隐蔽。几年过去了，冰下城已形成规模，它采用太阳能转换能源，中央空调供暖和换气，有大型的蔬菜基地以及超市、酒店、花木商店。移民队伍日益增大。

吉野还告诉桑岩，他的妻子也悄悄地移民定居到富士村。他是不得已才偷偷离开"希望站"的。

现在，富士村的首脑机构长老会对陌生人的闯入十分恼火，搜捕的自卫队正步步逼近……险象丛生。

长老会借吉野之手将计就计，让桑岩和哈迪姆服下了忘却剂，企图抹去他们对富士村的记忆，以避免国际纠纷，掩盖罪恶的行径。

回到"希望站"后的桑岩常常出现思绪游离的征兆，他的记忆似乎随时会苏醒，无所不知的长老会对此惴惴不安。于是，他们精心策划了冰崩，劫持了桑岩、哈迪姆和吉野，并把他们3人押进矿井采集宝石。

10年过去了，富士村出现了动荡不安的局面，桑岩等3名科学家都逃了出来。吉野东躲西藏，伤痕累累，为的是找到自己的老师森田一郎。

面对吉野的陈述和满满一口袋灿若星辰的宝石，森田不得不相信，灾难已降临在南极大陆上。由于富士村正处在金伯利岩的矿带上，长老会便疯狂地开掘宝石矿。年复一年，加剧了污染的速度，膨胀了贪欲的黑心。百万移民失去了乌托邦式的理想家园，失去了自由，变成了与世隔绝的奴隶。而长老会的头头们却暴富天下，挥霍无度。富士村两极分化、疾病蔓延、骚乱不断，百万移民的生存环境空前恶化。

科学家的良心被深深刺痛了。森田一郎，这位诺贝尔奖得主，著名的极地物理学创始人坐不住了，他不顾年老体衰，在吉野的陪同下走出了实验室，踏上一条充满荆棘的道路。

侠骨柔肠的老船长沈志挺，终于找到了桑岩的儿子桑世杰。时光荏苒，桑世杰已长大成人，当他知道了父亲还可能活在人世的消息后悲喜交集。老船长和桑世杰一道，披星戴月，闯欧洲、走南美，不放过任何一处蛛丝马迹，展开了艰难曲折的营救行动。

《冰原迷踪》，中国少年儿童出版社，1996年9月，金波改编

面对死亡

匡　欣

"斯拉吉"号飞船被流星击中，无法返回基地了，等待他们的只有死亡。

"斯拉吉"号是24世纪最精良的太空运输飞船，曾无数次地往来于地球与数十个移民星球之间，运输着生活必需品。飞船上装有最特殊的"波—YS76"制动系统，速度达到100万千米每秒，大大超过了光速。YS76装置是一个有机的生命形式。它不能算是一个生物，但却是一个活的有机体。只有将它放到制动系统中心，那整套反应才会开始。

这次，"斯拉吉"号从地球出发，载着数千支激光炮和一些货物，飞向移民星球"金云7号"——一个非常适合人类生活的星球。这星球上原本生活着一种怪物西乌，后来它们躲入地下沉睡。当过量的移民拥入这星球后，惊醒了西乌。西乌具有极大的能量，生命力极强，又十分好斗，如果地球移民不能迅速消灭西乌，就将被西乌消灭。"斯拉吉"号能否及时赶到"金云7号"，把激光炮运到，将关系那儿数千人的生命安全。

而现在，"斯拉吉"号被流星击中，坠落在一颗陌生的星球上，通信设备都已毁坏，所有备用的YS76全部丢失在太空中。也就是说，他们已无法重新启动飞船，只能永远趴在这儿了。

　　飞船上有4个人：龙诚、琼斯、多利斯和南朗。眼下4个人一筹莫展。按照预定计划，应在4天内到达"金云7号"，否则后果不堪设想。

　　突然，科学家琼斯说："我有一个主意。我们损失了YS76，如果设法合成一份YS76，就足以维持到达'金云7号'。YS76的组成虽然复杂，但各种物质的比例与人体十分相似，而且用一个人体的物质合成一份YS76，完全是可行的。因此，我们只要用分解器将一个人肢解，电脑与合成机会很快合成出YS76。"

　　琼斯的话一说完，所有人都惊呆了。过了好一会儿，船长多利斯说："这未免太残酷了。"琼斯露出一丝苦笑："我们面临一个残酷的事实，它迫使我们做出牺牲，来换取'金云7号'上的数千条生命。"

　　4个人沉默了许久，多利斯开了口："现实不允许我们再犹豫了。让我们抽签吧，看谁运气更好。"4个人一致同意这方法。

　　计算机屏幕上4个人的名字正飞快地一一闪过。8只眼睛紧张地盯视着。终于停下来了，"龙诚"两个字赫然显示在屏幕上。

　　　《科幻故事200篇》，上海科技教育出版社，1996年9月，庄秀福改编

交　替

昆　鹏

　　双寒陪伴着绿冰在冰上练习旋转。绿冰想着心事，失去了平衡，重重地跌在冰面上。她闷闷地走出训练基地，沿着温河走着。温河上一对对雪鸟比翼掠过，真让孤单的人儿羡慕。这时，一束刺眼的光照来，照到了绿冰，也照到了温河上的雪鸟。

　　藏在雪原深处的宇宙人贡朵用地球生物思维监视仪监视着地球生物。雅米打开仪器上的思维变换装置，仪器被雅米弄坏了，能量用完了，收集能量要用60个地球日。

　　绿冰被亮光刺得眼痛，发现对岸的女孩儿摔倒了。绿冰挥挥手，挥起的却是雪白的翅膀，绿冰想叫喊，发出的却是鸟啼。绿冰发现自己的身子变成了鸟。飞来一只雄雪鸟，用翅膀将绿冰拥住，用喙理顺她身上的羽毛。远处传来双寒的呼唤，双寒及训练队队医围着对岸摔倒的女孩儿，抱着那姑娘回到基地。

　　绿冰明白了，她的身体变成了鸟。她决意要去找双寒，正要飞翔，一只雄雪鸟对着绿冰鸟身喞啾不已。雄雪鸟见它没反应，到温河里叼起一条小鱼。绿冰的鸟身饿了，它抑制着身体的饥饿，逆风飞翔，飞向训练基地，飞进了绿冰原来居住的房间。房间空着，它在医疗室找到了双寒。

　　双寒垂着头坐在床边，床上躺着的那姑娘，就是绿冰的躯体。变成鸟身的绿冰见状大声呼唤起来，四周响起一阵嘈杂的鸟叫声，绿冰不能发出人的声音。绿冰不顾一切冲进窗子，在双寒怀里停下。双寒却把绿冰的鸟身体捧起来送出窗外，随手关上窗。绿冰丧气地跌落在窗下雪堆里，一只雄雪鸟飞来，它叼着一条小鱼。绿冰

下意识地张开了口，吞下那条活鱼。

那只雪鸟有了人的身体。人身雪鸟见到周围人友善地望着它，但它发不出清脆婉转的啼声。

雪原深处，宇宙人雅米为弄坏了仪器而伤心。贡朵却担心，地球人思维能量强大，控制小鸟身体不成问题，但是待能量弱下来后，就不能维持复杂思维，只能说鸟语，适应鸟类生活。而小鸟思维能量不大，不能控制人类身体，只能维持生命，成了地球植物人。

绿冰知道自己变成了一只鸟儿，虽然能自由自在地在白云中间飞翔，但不是滋味。绿冰还有思维，要练习说人话还有希望。绿冰在变成鸟儿的第四个夜晚，想着：我还能保持思维吗？身体里的一股野性怂恿她做了鸟儿的事，野性在迅速膨胀，思考越来越困难。

突然，夜色中腾起炫目的北极光。变成鸟身的绿冰要把自己奉献给生命一股美丽的北极光，它飞向极光。床上那个女孩，轻轻呻吟着呼唤了一声"双寒"！床边的人发觉那个女孩儿睁开了眼。眼神是那么复杂。

雪原上一只雄鸟守在一只卧在雪地上的雌鸟旁在悲啼着。那只卧着的雌鸟动了动，雄鸟连忙扑上去，拥着它，梳理它的羽毛。

雪原深处，宇宙人雅米和贡朵也相拥在一起，注视着监视屏。

《科幻世界》，1996年第3期，方人改编

汤 姆

蓝 橙

杨博士的导师智能生物学家托恩教授的自杀引起了一场轩然大波。杨教授在一次演讲中，详细地讲述了托恩教授的科研进展和生活情况，包括他的死因。

1年前，托恩教授立了一个新课题：人脑组织培养与人脑智能研究。我们提取了部分人脑细胞进行人工培养，两周后，细胞团已基本分化完善，我们给"他"起名为汤姆。又过了一周，我们为汤姆装上了全方位电子信息接收系统和语言表达系统。这样，汤姆既可听声音，又可看物体，并可表达自己的认识。接下来两周里，汤姆不断感受各种刺激，一天，汤姆终于开口说话了。

我们发现汤姆有两大特点：一是很少讲话，二是精力异常旺盛，每天只休息1小时。一天，汤姆要求收听广播，收看电视，并要求安装学习机。我们便在全方位电子接收系统上加装了无线电收视系统，将所有频道的广播和电视节目向他敞开。为了解汤姆的表现，我们安装了录音机，以监听汤姆在夜间的言语。

几个月过去了，汤姆的录音中内容越来越丰富，开始触及地球上核设施及其性能，并大声建议改装世界最先进的核武器，以增大杀伤力。托恩教授是个著名的和平主义者，听到这些后非常震惊，他跟汤姆进行了一次认真谈话。原来，汤姆喜欢发明，喜欢动脑筋。他收听到军事情报，把改装核武器的全部数据一夜间全部推算出来，只是他没有无线电表达能力，才不能告诉人类，公布结果。

托恩教授听后，一句话也没说，也没同我谈关于实验的事。一段时间过去了，托恩教授的情绪一丝也没有好转。我感觉到他有意向我们隐瞒什么。每次他参加一些学术会议回来，总是郁郁寡欢。1个月前，我照例来到实验室，发现托恩教授倒在工作台上。汤姆说话了："我和托恩进行了一夜长谈，我将学习和思维的一切告诉了他。托恩说我做了不该做的事，实验不得不终止。托恩让我告诉你，这次实验及关于我的情况不要向世人公布。他不愿有关核武器的数据被人们知道。他已毁掉了所有记录和录音。托恩已在1小时前服药死去。我的营养液里已放了毒素，我很快将失去生命力！"

《中国最新科幻故事2》河北科学技术出版社，1996年1月，方人改编

神　曲

雷良琦

黎教授设计了一架中微子检测仪，用以验证太阳的中微子辐射是否和理论家所预言的一致。在一根长达1000多米的铝质圆筒内，装满高分子化合物，由太阳发出的中微子，在化合物内产生一连串次极效应后，会留下痕迹。为避免外界干扰，实验装置安放在一座超深矿井中。

调机顺利，但输出的记录曲线很平稳，其幅值只有理论值的1/3。黎教授很失望。十几分钟后，数据处理系统像发疯似的记录了比刚才强10倍的信号，显然，仪器出了故障。几天后，对实验进行了修改，结果还是一样。我展开被废弃的一段记录纸带，觉得事情有些蹊跷。我把纸卷带回办公室，把多余纸头扔进纸篓。

几个星期后，黎教授又主持了一个新的实验，安排我检查几个标准件。在干涉仪的作用下，并无异样的标准件也有大小不同的差

异。我用类似的办法检测了记录纸带上曲线特征。记录纸带上曲线都有细微差别。我把纸带送到声学所进行波形分析。波频分析仪把各种混杂的频率分开来，在打印机上打出全部基频频率。全部基频仅有11种，每一基频的时延有一定规律，音的高低取决于基音频率。我经过整理，得到11种不同的基音组成的顺序，我用一星期时间，把结果整理了出来。

我把这份东西寄给了我的未婚妻慕容宛，她是市轻音乐团的小提琴手。8天后，收到她的回信，并给那份东西配上了五线谱，赞美它的优美的旋律，还称赞我的音乐天赋。收到它的信我激动得跳了起来。我给宛回了信，说曲子不是我作的。宛又来了信，她把那首曲子取名《寻觅》，以我的名义在音乐杂志上发表了。曲子结尾是宛加上的。乐团指挥看后，决定排练公演。

公演那天，宛款款地走到台前，开始了演奏。优美的旋律把人们带入梦幻般的仙境，整个大厅静极了，人们都陶醉于仙乐中。演奏完毕台下爆发出雷鸣般的掌声。乐团指挥把我当作乐曲作者介绍给公众，我走上台，腼腆地把事情经过和盘托出。当人们知道这是来自波江座星的神曲，台下像炸开了锅似的，兴奋不已。放音的王技师把我手中捏着的纸卷借了去，放进一台色声转换仪中，天外来音又在大厅里回荡，比宛的演奏更出色、更动听。

我连忙给黎教授打了长途电话，告诉他记录纸上发现了外星文明传递的信息。教授高兴得直跳。我把话筒靠近喇叭，让黎教授也能听到那曲"天外来音"。

《科幻世界》，1996年第1期，方人改编

爱使的选择

李仁忠

中傲自诞生以来，很少感受到温暖，使中傲活下来的唯一原因是他心中还有对爱、对美的追求。今天是星期六，他走出工作室，机器人"简"捧上一杯咖啡。中傲接过咖啡，微笑地看着"简"。

其实，平时中傲从未把"简"当作机器人，一直以"简"为朋友。"简"是一种高智能机器人，他们简直是一对生命伴侣。中傲走到椅子边，看到"简"的面部表情有些恐慌，便问："你是不是要离开这儿，到一个遥远的地方去？"

"简"讲述了她那离奇的故事："我的家乡在α星，是宇宙中文明高度发达的星球。多年前，α星的星际侦查飞行队获悉地球上没有了真情，便派了'爱使'特种部队来拯救地球上的生物。'爱使'部队得知地球上人类创造的机器人心比地球人类纯净，他们可改造地球，可逐渐进化成像α星人一样的文明人。于是'爱使'特种部队战士分赴世界各地，控制所有机器人的思想。我就在'简'的头脑里，利用人类的智慧引导机器人进化。"

中傲听后笑道："50亿地球人不会甘心服输，他们会在瞬间把所有机器人砸得粉碎。"

"简"轻蔑地一笑，说："地球人的卑劣我们早已掌握。按总部命令，在机器人进化为人之后，我们就用超强力转化仪在0.001秒内，将地球人变成尘埃，为宇宙除菌，还有3小时59分11秒，我们就要执行任务。临终前，你还有什么话要说？"

中傲彻底服输了，心中思忖着：是地球人毁了自己。他未感到忧伤，他已把心交给了爱和对爱的追求。突然，"简"的头部飘出无数红的线条。一位美丽绝伦的少女出现在中傲眼前。"爱神！"一个闪亮的名字闪过中傲脑际，一种优美的"旋律"飘进中傲耳朵："亲爱的朋友，再见了，你用真情打动了我。我已在几分钟前向'爱使'战士下达了撤退命令。"

那旋律渐渐飘逸，红色渐渐疏远，朝阳烧红了天际，恰似爱神在微笑。

《中国最新科幻故事3》，河北科学技术出版社，1996年1月，方人改编

殉　情

刘　铭

索雷1357和吉尔0246是一对机器人警察搭档，他们俩奉命缉捕破坏实验室的逃犯机器人弗瑞德037。不幸，吉尔0246被弗瑞德037扣住，作为人质。

索雷1357要弗瑞德037投降。弗瑞德037狂叫，他才不上当，不想被送到零件回收工厂。机警行动准则第4条规定，凶犯若是以人做人质，而又负隅顽抗，可立即击毙。索雷1357扣动了扳机，弗瑞德037脑袋开了花。由于索雷1357的手指痉挛，使得吉尔0246的头颅也爆裂了。索雷1357推开弗瑞德037的残骸，抱起吉尔0246，可再也看不到她美丽的双眼了。

身后，增援伙伴来了。他们要索雷1357丢掉已变成废铁的吉尔0246，马上有收集车将它们运回零件回收工厂，要他别再傻了，这几年，连人类也不会像他那样痴情了，何况是机器人。

索雷1357没有回答，举枪对着自己的双眼，扣动了扳机。

《科幻世界》，1996年第6期，方人改编

疯狂的纳丘哈

刘卫华

电视连续剧《太空英雄》正播到紧要关头，突然中断，荧屏上出现纳丘哈彩电广告，邦德大为扫兴。一阵敲门声，邦德开了门，进来一名广告推销员，手里拿着一把匕首，推销纳丘哈牌匕首。

邦德锁好门，躺在电脑控制床上，床轻轻晃动，响起轻柔的声音，又是为新型的纳丘哈床做广告，听着听着邦德进入梦乡。在梦中，一支打着纳丘哈旗号的军队，在飞机、坦克掩护下进攻。战斗一结束，广告音乐又开始。邦德的梦境也一刻不得安宁，全被纳丘哈的各式广告所挤满。

邦德之所以强忍着广告的折磨，是因为想买一套乡间别墅。他同意购买纳丘哈物品，还允许纳丘哈公司在他的脑中埋入超微型梦境广告输出器，为期3年。明天期满，可拿到巨额广告费，购买别墅。

第二天一早，邦德一起床，电脑控制床又在做广告。他吃过纳丘哈式标准早餐，穿好纳丘哈牌西装，开着纳丘哈牌汽车出发了。街道上，是纳丘哈公司的广告宣传车在进行广告宣传，天空中，是一片纳丘哈公司的广告云在飘动。

邦德到了纳丘哈公司，取出了埋在脑中的梦境广告输出器，拿到了巨额广告宣传费。邦德包了一架出租直升机去看他的乡间别墅。在飞机上，他看到空中有一群大雁，排成纳丘哈缩写的队形；飞机在森林上空，邦德看见一棵棵大树也组成缩写的字样；好不容易到了乡间别墅，一幢幢建筑物也排成缩写的字样。

邦德再也忍受不了了，把巨额广告费扔出直升机。他对驾驶员说："飞到大海去，永远不再见到纳丘哈！"

《科学之友》，1996年第9期，方人改编

一根臀木

刘兴诗

我驾驶"流星"号飞船，降落到一个灰色星球上。人们以为是"天使"降临，我受到了国王和大臣们的隆重欢迎。我自我介绍："我是地球宇航员辛伯达。"老国王说，他叫瓦依，并且转过身撅起屁股，让我看绑在屁股后面的一张有着许多条腿的怪凳子。他的凳子有101条腿，大臣们屁股上小凳子的腿一个比一个少，最多的有99条，最少的有88条。我明白了，在这个国家里，是用凳子腿来表示官阶的大小。

在豪华的客房中，我休息了一天。第二天，国王主持御前会议，决定给我这个"天使"安装臀木，就是多腿凳子，腿数与国王的相同。但是，城里已找不到那么多木料，国王就带我外出寻找。

我们出了城门，看到孩子们在望不到边的水泥地上溜旱冰。国王笑眯眯地说，水泥地不仅能保持水土，还有这种好处。我心里有些纳闷，到处都抹上水泥，怎么种庄稼呢？99条腿的宰相像是看透了我的心思，指着一块空旷的土地说："瞧，那是咱们的庄稼地。"我定睛一看，田野上也抹了一层水泥，地面露出许多小洞，伸出一些麦苗，他们只靠这种粮食养活自己，真可怜。

88条腿的大臣忧心忡忡地告诉我，从前这儿是富饶的绿洲，由于乱砍滥伐，现在沙漠化越来越严重了。国王也请我帮他们制服这黄色的恶魔，我掏出几张巴格达的彩照给他们看，他们看到绿色的

田野和果园，奔跑的山羊和野兔，非常喜欢。我对国王说，派两位大臣和我一起上天去，搬来一些植物种子，就能解决问题。国王派99条腿宰相和88条腿大臣同我上天。

我带他们上了飞船。他们从未坐过，既兴奋又害怕。到了地球，我装了一大口袋种子，然后乘飞船返回灰色的星球。

国王和臣民见我们归来，极为高兴。我带领大家出城，指挥他们砸碎水泥地，露出下面的黑土，和大家一起把口袋里的种子撒向大地。这些都是精选的速生树种，还有许多作物的种子。由于这个星球太小，所以地心引力微弱，无法控制作物生长，种子撒下去，不一会儿就萌发出了绿芽。

国王见此情景，高兴得直搓手。我向88条腿大臣递了一个眼色，他向国王启奏："'天使'的主意不是从屁股里，而是从脑袋里想出来的，看来臀木并不重要，该取消了。"国王当即准奏，并起草新法规，不准乱砍树木。

冬去春来，我在这个星球住了一年。森林挡住了风沙，气候渐渐变了样，植物保护了水土，林中鸟飞兽跃……

在国王和臣民的簇拥下，我登上了飞船，告别了这个可爱的小星球。在我的驾驶座下，有他们送给我的纪念物——一根臀木。

《科幻故事200篇》，上海科技教育出版社，1996年9月，庄秀福改编

美梦公司的礼物

刘兴诗

我捏着1角钱，想到街上买一件称心的东西。走到一家商店门口，见广告牌上写着："美梦公司出租各种奇妙的梦境，价格低廉。"啊哈，居然有租梦的。

　　我对营业员老伯伯说，想租一个1角钱的梦。老伯伯取出一叠彩色梦片，让我挑选，我挑了一张有狮身人面像和金字塔的梦片。老伯伯嘱咐，在临睡前看上几遍，并把梦片放到枕头下，准能做一个美梦。

　　夜幕降临了，我飞快地做好作业，拿着梦片看起来，看着看着感到累了，就把梦片放在枕头下入睡了。不知过了多久，我的耳边响起了风声，我一看，自己已到了非洲沙漠。我心想，如果有头骆驼就好了，刚转过这念头，一头双峰驼来了，我骑上它，来到金字塔下。我爬到塔顶，又从上面滑下，玩儿得很起劲。谁知好景不长，忽然刮起了大风，差点儿把我刮到空中。我惊醒了，原来刚才是一场梦。这梦片真是名不虚传。

　　过了几天，我又去美梦公司，向老伯伯讲了我的梦境。老伯伯说，金字塔不是滑梯，怎么能滑呢？不过，这跟梦片上画面不清晰有关。他走到暗室中修改梦片，不一会儿就修好了，梦片上的金字塔清清楚楚。老伯伯又说，非洲没有双峰驼，只有单峰驼，这是我的概念错误，应纠正过来。

　　修改后的梦片果然好多了。我梦见了金字塔和单峰驼，远处还有狮子和大象。我走到金字塔前，想进去看看，但石门关得紧紧的。我忽然灵机一动，大喊："芝麻，开门！"石门果然开了。我朝里面看去，深不可测，心想，要是有支冲锋枪就不怕了。这念头刚一冒，我的手中就有了一支冲锋枪。我先打了一梭子子弹，然后进到里面，见到有个白胡子老人捂着流血的肩膀直喊痛。我问他是谁，他说他是埃及的法老，说完就躺下不动了。这时，我又醒来了。

　　第二天，我去美梦公司，把梦中的一切告诉了老伯伯，他介绍，梦片不仅有图像，还藏有录音磁带，梦前看见的图像和梦中的声音刺激了大脑里的视觉和听觉细胞，把人一步步引入预定的梦境。

老伯伯还指出了我梦境中的错误。他说，狮子和大象怎么会跑到沙漠里去呢？金字塔不是四十大盗的宝窟；法老是木乃伊，怎么会说话？他让我参加梦授学校学习。所谓梦授学校，就是传授各种知识的梦片。

我付了租金，抱回一大沓梦授教材。梦片是最形象化的课本，一次又一次纠正了我的许多错误概念，传授给我许多有用的知识。在梦的旅游中，我学了几种外语。有一天，我在课堂上说了几句外语，老师吃惊地说："瞧这孩子，从哪里学来满口的外国话。"

"这是美梦公司的礼物。"我故作神秘地说。尝过美梦片甜头的同学们都会心地笑了。

《科幻故事200篇》，上海科技教育出版社，1996年9月，庄秀福改编

小白海豚

刘兴诗

浪花礁是船的墓地，水下躺卧着各种各样的船只。传说，在水的最深处，有一艘古代的宝船。船里藏着一个沉重的铁匣子。匣子里有一颗珍贵的"辟浪珠"，擎着它能平息海上的风浪。可是，这艘宝船为什么沉没了呢？这可是个难解的谜。

阿波很想揭开这个谜。他渴望弄明白，那艘宝船上真的有神奇的"辟浪珠"吗？他用手轻轻拍打着小白海豚的背脊："呵，朋友，快去寻找'辟浪珠'吧！你一定能找到它。"

为了寻找神秘的"辟浪珠"，阿波和小白海豚整日整日出没在浪花礁，在几艘沉船里拾到一些有趣的小玩意儿。拿给爷爷看时，爷爷总是摇摇头说："这都不是古董。据说那艘宝船比唐僧到西天取经的时间还要早。"

找不到"辟浪珠"，阿波闷闷不乐。爷爷怕阿波闷坏了，让阿波跟他出海打鱼。第二天，阿波随爷爷出了海，打了一网又一网的鱼。后来一网撒下去，怎么也拉不上来。小白海豚见状，像是明白了什么，骨碌一下钻进了水。过了一会儿，渔网松动了，又过了一会儿，小白海豚钻出了水面，嘴里衔着一枚锈迹斑斑的古币。阿波接过来一看，币上面有两个古体字，显然是很古老的钱币。阿波眼睛一亮，立即跳下了海，在小白海豚引导下，在海底看到许多碎木片，并找到一只生满了锈的铁匣。

爷爷和阿波把铁匣子带回家，请铁匠撬开了盖子，铁匣子里没有什么"辟浪珠"，而是一块花岗岩。石头未经琢磨，上面也没有字。阿波有些失望，爷爷安慰他说："别难过，把石头和古币寄给科学院，请专家们研究一下。"

过了一个月，科学院回信了。信中说："你们找到的是一艘汉代的远洋木船。古币上的两个字是'五铢'，是当时的钱币。世间哪有什么'辟浪珠'，铁匣子里的花岗岩是水手从故乡带来的。一见到它，水手便增添了力量，这也许是他们心里的一颗'辟浪珠'吧！小白海豚真有本领，我们想请它帮助开展水下考古，行吗？"

阿波拿着信问小白海豚，小白海豚瞪着眼睛，好像在说："行啊！"

《科幻故事200篇》，上海科技教育出版社，1996年9月，庄秀福改编

航道上的磷光

刘兴诗

夜晚，我睡在船舱里，听到船外传来"咕咕咕"的声音。舵工老万大叔告诉我，这是小黄花鱼发出的声音。经他这么一提，我才想起，小黄花鱼的确能从鳔里发出声音，雌鱼"喀喀喀"，雄鱼"咕咕咕"。有经验的渔民常根据声音的不同，分辨出鱼群的类别、数量和距离。

可是，为什么一下子有那么多小黄花鱼聚集在一起呢？我朝海上仔细观察，水面上有一片密集的微光不住地闪烁着，看来，鱼群是被这神秘的光吸引来的。我知道，这微光叫"海火"，是一些浮游生物散发出来的微弱亮光。显然，我们的船正在穿行一个浮游生物密集区，我再一看，船身上也黏了不少发光的浮游生物。见这景象，我有了一个奇妙的念头：用船上的亮光引诱鱼群，让它们跟船游，到吕四港时再捕捉它们。

为了加强效果，我取了几块夜间通信用的荧光板悬挂在船边，果然吸引了更多的鱼儿。我放心地去睡觉，指望明天一大早，把这批鲜鱼交给水产公司。

但是，当船进入吕四港，我再去捕鱼时，鱼一条也没有了。失败的原因是什么呢？我仔细想了一下，毛病出在船的速度上。船速太快，鱼群没能跟上来。我决定当晚再出船试一试。我向老万大叔谈了我的打算，大叔十分支持。

夜晚，我们趁着月光划了一只小船出发了。为了能牢牢吸住喜光的小黄花鱼，出航之前我把船拖上岸，仔细清除了黏附在船底的污泥和海草，再喷上一层厚厚的荧光粉，又在外面刷了一层透明漆，不让海水冲掉荧光粉。我和老万大叔轻轻划着桨，在海上转了一圈，果真吸引了鱼群。月光下看去，鱼在船边挤得密密麻麻的，少说也有几吨。

我们缓缓地划着桨，回到港口。在那儿，早已张开几十张大网，趁鱼儿还在迷恋船底磷光的时候，就把它们捞了起来。

见时间还早，我决定再去海上走一趟。这一次，我想出了更妙的主意，在小船后面用绳子拖了十几块荧光板，以吸引更多的鱼儿。

我们去得正是时候，我伏在舱板上听，鱼的声音越传越远，这预示着鱼群就要转场了。"快拦住它们。"老万大叔喊。我们飞快地把船划过去，亮闪闪的荧光板拦住了鱼群的去路，鱼群绕着小船和荧光板游个不停。我们慢慢把船划回去，鱼群挤满了港口。人们欢天喜地用渔网，甚至水桶、洗脸盆往上舀鱼。看到这场面，我心里甭提有多高兴！

《科幻故事200篇》，上海科技教育出版社，1996年9月，庄秀福改编

海底幽浮基地

吕应中

小维和兰兰在海边拾贝壳，突然见到海面上泛起一片白色水泡，好像有人潜在海底，又见海里射出一道亮光，吓得他们俩赶紧往家跑。晚上，小维把白天在海边见到的情景告诉爸爸。小维的爸爸林康博士是物理研究所所长，由于最近世界上"不明飞行物体"目击报告不断增加，加上内华达州捕捉到一具失灵的幽浮，研究所专门成立了"怪异现象调查小组"，负责调查工作。林博士决定去实地查勘。第二天，他们带上小维和兰兰，动用最新海底摄影机潜入海底，结果一无所获。

下午放学后，小维和兰兰走出校门，一个陌生的叔叔过来问他们想不想到海底去参观，好奇的小维和兰兰同意了。第二天上午，他们在原地见面，陌生叔叔开着一部漂亮的白色汽车，拉着他们开到海边也不停。小维大叫起来："不行，不行，会淹死的。"陌生叔叔要他们不要怕，说车子外壁已充满强大磁场，会排开海水的。果然，整个汽车往海底潜去，海中景物看得清清楚楚。不久，汽车进入海底通道口，转了一个弯儿，停在一个小房间外，陌生叔叔说："从现在起，你们进入了火星的领海了，这辆车并不是地球人的产品，它是我们火星人创造的。"

　　这时里面走出一个人来欢迎小维和兰兰。陌生叔叔介绍说是海底基地的司令官。司令官说："因为你们在海边看到过我们巡逻艇的灯光，按照我们这里的规定，凡是第一个见到我们秘密的人，都要被邀请来海底参观。你们是第一次来这儿的地球人。"司令官向陌生叔叔说："2080号，两位小朋友由你负责接待。"说完就客气地离开了。

　　陌生叔叔领小维和兰兰坐在大型荧幕前，荧幕上显出了火星。叔叔向他们介绍真实的世纪大惨案："2000万年前，火星和地球一样，气候温和，动植物茂盛；火星人在2000万年前就发展了核子武器，太阳能的使用也十分普遍。经过10年的精神文明发展，将所有的核子燃料运离火星储存到没有人住的艾克斯星。但是当时有个野心科学家见到火星大统领地位崇高，便起了谋反之心。这个野心科学家还是核子武器发明人之一。他偷渡到艾克斯星去盗取核子燃料，以此威胁火星。大统领派出许多科学家去做说服工作，却全部被杀害。为了保全火星上70亿人口的安全，大统领决定让位于野心科学家。谁知野心科学家还不满足，竟想进攻木星。火星和木星一向关系友善，野心科学家却邪恶成性，决定在他生日那一天，动用所有核子燃料制成200支大型核子火箭向木星进攻。到了生日前一天，他派出一支侦察队——10艘太空船——到木星察看。正在这时艾克斯星发生了大爆炸。艾克斯星炸成碎片，波及了火星，所有火星人统统死亡，火星成了火球。这飞离火星的10艘太空船侥幸未被烧毁，但也回不到火星上了，只得在地球各地找了10处基地。生活在地球上的火星人，为了防止2000万年前的悲剧重演，一直派出飞碟在地球上巡视，同时为防止地球末日的来临，利用海底矿物资源提炼制造小型航空器。"

　　小维听了陌生叔叔介绍，问他们为什么不回火星去看看，为什么地球发射到火星上的"海盗"号火星探察船没有见到他们呢？

　　陌生叔叔告诉小维，地球上的科学发展不快，"海盗"号在火星上的着落点，正好是不毛之地，所以无法找到生物。这时，墙上的荧幕里映出了司令官的身影，他让陌生叔叔送小朋友返回地球，他答应过些日子再请他们来海底。最后要求他们守住秘密。

　　小维和兰兰信守诺言，回到家里连爸爸都不告诉。两个月后的一个下午，他们意外地又遇见了陌生叔叔。有意思的是陌生叔叔和小维的爸爸林博士一起出现在校门口。

　　原来在小维和兰兰上次去海底参观后，海底基地经过几次研究，决定逐步向地球人公开火星人的秘密。因为银河联盟迟早要接纳地球人的介入，林博士是他们邀请的又一位客人。

　　小维和兰兰又一次跟着爸爸坐上白色的汽车，劈波斩浪向海底驶去……

《深红色的雕塑像》，广西科学技术出版社，1996年10月，卜方明改编

失落的影子

绿　杨

鲁文基教授做梦也想捉住那个消失了很久的影子。爱因斯坦早已预言过引力透镜的存在。光线通过巨大星体的引力场，会被它吸引而发生折射。鲁文基把宇宙间所有大星系都看作是一只引力透镜，光在行进中发生多次折射，光路被延长了，通过引力透镜的光线，要比不通过透镜的光线迟一步。教授通过计算，找出了总星系综合的聚焦轴线。站在这条轴线上的任何一点，便能观察到滞后的光线。

教授已找出了透镜轴线位置落在银河外面。银河在绕中心旋转，5月12日，这条轴线将切入银河。在这一天，能看到出现得更早，现在已不再存在的星体。5月12日这一天临近了，但是空间站受到了意外损伤，正在修理。教授急得像热锅上的蚂蚁。教授的助手梅丽建议，找一家天文台借一架望远镜看一下。但是，引力透镜的轴线投影在地球北纬11°30′。这一纬度上没有一座天文台。

为解闷，梅丽劝教授到夏威夷一游。教授看到报上广告说，夏威夷正在展示几种"时间倒转"新技术，教授动了心，到了夏威夷。5月12日下午，几种追回时间的机器在展示。教授看了一阵，尽是些逗人把戏，还是去看日落吧。他们租了一辆出租车，赶到海滩，太阳早已沉下海平线，游客已散去。教授还想看日落，又租了架直升机，飞往离夏威夷2100千米的比基尼岛。直升机全速飞行，可以追回一个多小时，也就是说可以在那里海边看到日落。

比基尼是个小岛，是美国核爆炸试验基地，一度被烧成焦土，寸草不生，如今已树木葱茏，绿草成茵，成了旅游胜地。鲁文基教授从一本杂志中得知，已退休的公司董事长伍德先生是一位业余天文爱好者。直升机在海滩上降落，右边海滩是看日落的好地方，教授却直向左边跑。梅丽在后面追赶，边追边喊："走错方向了，朝西!"教授掏出地图对梅丽道："这里是北纬11°35′。"原来，比基尼岛正处在透镜轴线的扫描线上，今晚在这一点可看到古宇宙图像，怪不得他那么激动!

鲁文基教授边走边问，找到了伍德先生的住所。伍德认识鲁文基教授，还听过他讲演。伍德听到教授要借用天文望远镜，一口答应。伍德先生同教授用完晚餐，坐在阳台上，一边喝咖啡，一边通过大屏幕观看太空。这里，周围是海洋，空气澄明，星光散射很少。教授用天文望远镜对准宇宙中心的一个点，那儿是个黑洞群。

伍德先生推上电源闸刀，荧屏上出现微光，但未显示图像。时间一分钟、一分钟地过去，屏幕上一片漆黑。又换上一个低倍率目镜，屏幕上依然一片漆黑。伍德怀疑方向不对，教授说，方向没有错，是机器坏了。两人正在争论时，荧屏上出现了一个亮点，慢慢扩大，亮度渐渐增高，愈来愈亮，猛然炸开，荧屏一片耀眼光芒。伍德连忙关小光圈，减低亮度。荧屏上的火球一边翻滚，一边膨胀，并向四周喷发，这就是大爆炸，宇宙诞生时刻。

《科幻世界》，1996年第2期，方人改编

着陆三十分钟

苗 虎

"按照这个星球上的时间，你只能着陆30分钟。"太空主子在叮嘱。我在这个陌生的星球上，除了体态比他们高大些外，和他们相差无几。

我在闲逛，路边有花草树木，石凳上坐着几位长者。有位长

者被报上有关饮食的文章吸引着。我发现他中枢神经系统的大脑皮质的相应区，投射出一大盘美食和一瓶酒。有两位长者在下棋。胜者的脑袋里塞满了光怪陆离的"气泡"。对手却为输棋而气恼，脑海里正在进行着一场血腥的屠杀。有个孩子在看下棋，他那双俏皮可爱的大眼睛给我留下了深刻的印象，我且称他"大眼睛"吧。我寻找"大眼睛"大脑皮质的感觉投射部位。5秒钟后，我发现了奇迹：他的脑子里原来是另外一番景象！他表面上是在看下棋，脑子里想的却是驾车！而且车速越来越快……在没有明显外加刺激的情况下，脑电波的反应竟如此惊心动魄！我饶有兴趣地走到他的身边，设法让他先开口，然后，我再同他交流，我们很快成了朋友。"'大眼睛'，你很想驾驶汽车，而你的父母却不答应。""您是怎么知道的？""我当然知道。现在应该是上课的时候，而你却逃学！""这……""大眼睛"脸红了。

耳朵里传来了主子的声音："5分钟过去了。""叔叔，您对我这么了解，我看您一定是个有特异功能的人！您能教我这种特异功能吗？""我能帮助你干些什么呢？""穿墙术，您会吗？"我明白了，那就是在接触墙壁的刹那间，生命体溶化成分子流——一道肉眼看不见的微波，钻进墙壁上微细的缝隙里，穿过墙后，分子流立即自动汇合成原来的生命体。这种超自然的奇术，对我来说并不是一件难事，可是要让"大眼睛"也效法，那就要加倍消耗自己的"能量"。我们向一座名叫"龙之魂大酒店"的大厦走过去。"叔叔，这幢楼里有一间总统套房，它是咱们城里最高、最气派的房子，我做梦也想进去一趟。"我们选定在大厦左侧僻静的围墙边，我把双手搭在"大眼睛"肩上，把体内的潜能召之手上，再让我周身血脉加速奔流，开始做微粒辐射运动……我通过损失自己的动能，把能量传递给"大眼睛"。这种能量能在他体内维持10分钟。我感到"大眼睛"和我以同一个频率震颤起来……

"你就从这儿进入大厦，注意，脚步一刻也不能停歇，趁人不注意的时候，大胆地往墙上撞，你定能畅通无阻，直到'总统套房'为止。""还剩下10分钟，准备返回！"主子发话了。我心里一急，用手把"大眼睛"一推，这孩子一个跟跄，一头栽进了墙里。无声无息，"穿墙术"转移成功了。还有10分钟时限，能量将消失，这孩子会不会自个儿从门里走出来呢？还剩下4分钟了，突然，在摩天大楼的高层墙面上渗出一粒尘埃，下落时飞速扩大！啊，"大眼睛"！他从大楼上掉下来了！我条件反射似的升腾起来，在半空中轻轻地接住了他，然后飘然落地。"大眼睛"睁开眼，言语模糊："龙……到处都是龙。'总统套房'我去过了，龙的床，龙的灯，盘龙的桌椅，绣龙的地毯……"

着陆30分钟已到，我的飞行器已经升空。"地球上的孩子都是这样的吗？"我问主子。

《儿童时代》，1996年第4、5期，李正兴改编

拦击小行星

墨 兰

李刚已有两个月没有回家了。妻子乔娜一连写了40多封信，也没有收到任何有关李刚的消息。

那是在两个月前的一天，李刚回家为乔娜过生日，并告诉她这段时间不能回家了。原来，科学家们预测有一颗小行星在飞向地球。联合国举行了各国首脑会谈，发表联合声明，共同应付小行星的撞击。为此各国抽调优秀科学家组成太空行动小组，航天器和核弹头被统一编号，李刚被推选为太空行动小组组长。

要炸毁直径有5千米的小行星有许多技术难题，为确保一次爆炸

成功，太空行动小组拟定了一份爆破计划：要李刚登上小行星，进行实地考察后，选取最佳方案将小行星炸掉。

李刚坐在宇航飞机的驾驶舱内，想起了乔娜。他曾收到乔娜40余封信，由于纪律约束，他没有回信，现在乔娜一定在屏幕上看到了他。李刚片刻走神，宇航飞机已飞出了大气层。

9架宇航飞机全速跟随李刚飞来，呈人字形编队，接近小行星。李刚已经看清了小行星表面的情况，这是一颗不规则的椭圆球小行星，最大直径6千米。小行星上含有丰富的铁，核弹最好放在小行星的凹陷中，但这个凹陷背对地球，要是不能将它炸得粉碎，就会给地球带来灾难。

李刚按原计划在小行星上着陆。宇航飞机一架架垂直降落在小行星的开阔地上。李刚测量到小行星上岩石坚硬，他准备用坚硬的岩石固定缆绳，利用宇航飞机的牵引力，使小行星旋转，让小行星的凹陷一侧对着地球，以确保地球平安。

地面指挥中心同意了李刚的计划，10架宇航飞机加大马力。小行星开始转动，其凹陷面对准了地球，队员们将核弹头全部放置在小行星凹坑的最底部，然后拆除了缆绳。

一切准备完毕，地面指挥中心下达命令：10架宇航飞机从小行星上起飞，进入卫星轨道。李刚看到了月亮，又看到了地球，他知道全球的人都会知道这次行动，乔娜也能看到这一壮观场面。倒计时开始，李刚一手握着飞机操纵杆，一手握着遥控点火器。"5、4、3、2、1，点火！"

耀眼的强光自小行星方向传来，刹那间空中盛开巨大的花环，爆破成功啦！15天后，李刚回家度周末，乔娜为李刚买了个大蛋糕，这天正是李刚的生日！

《中国最新科幻故事3》，河北科学技术出版社，1996年1月，方人改编

永远的巴乔

攀 磊

夏雨在玩游戏，妹妹梅玫盯着那本《穿越时空》的书说："那时，人们有许多美妙的梦想，充满斗志。而我们一切都由埃克控制，成了星际寄生虫。"梅玫想通过时空旅行，回到过去那个充满竞争和追求的时代。兄妹俩就时空旅行争论了起来，只能去请教电脑埃克。

在一个三面是巨型视墙的实验厅里，中央立着一座高大的圆锥形物体，它的顶端伸到屋顶外，探向夏夜星空。房间里一老一小在做着试验。那位年轻人步入了圆锥物内，门被关上。视墙上的光变得惨白，屏幕上浮现出一幅立体影像：一位身着深蓝色球服的球员。那老头儿叫西蒙尼，是意大利球星巴乔的孙子，他做梦也想改变那场足球比赛的结局。

那是第十五届世界足球赛。在洛杉矶体育场上，球星巴乔像一头猎豹，在球场上奔跑，带球、过人，杀入巴西队禁区，射门！球落入了对方守门员怀里。120分钟鏖战结束，双方都没有进球，巴老头儿为了改变历史，苦心经营了40年。他的儿子罗伯特是他的希望，现在要让他的儿子去实现他的愿望。老头儿毅然按下了按钮，发射的巨大能量把大地也震撼了。圆锥体被通上强大的电流，球状顶端被激发得几乎透明。一声巨响，一道光线从实验大厅冲天而去，射向无垠的宇宙。

洛杉矶球场上空，阴霾密布。意大利队命悬一球。球星巴乔在踢点球，助跑、起脚，球踢出去了。

夏雨和梅玫还在争论时空旅行。梅玫请教电脑埃克有什么办法回到过去的年代。埃克却讲述了令人吃惊的故事：原来它的主人西蒙尼，就是意大利球星巴乔的孙子，制造出一台能改变时间顺序的机器。埃克按规定程序进行控制，把主人的爱子罗伯特分解成信息团，发射出去，让他在90光年外的太空中还原，试图把他和他的曾祖父、球星巴乔的信息重合。这位年轻人立刻在真空中化为灰烬，而老头儿依然充满希望等待爱子的凯旋。

巴乔的点球飞出了球门。巴西队球迷疯狂地敲响他们的鼓，发出胜利的狂叫。巴乔呆呆地站在那里。巴乔就这样化作了雕像。

《科幻世界》，1996年第2期，方人改编

我还是人吗

钱 笑

人们对于人造器官的钟爱几乎达到狂热的程度，稍有不适或不满，就上医院换上金属机械器官。换上的人造器官越来越多，就越难以区分人和机器人。于是，联合国明文规定：人体中人造器官数量不可超过50%，否则就会被划为非人类。

父母一辈子为保持作人的资格，停止对自身的"零部件"改造。但他们得知活性金属机械器官植入人体，性能优良。所以，当我尚在襁褓之中，就给我换上了人造器官。35年过去了，我身体的50%换成了人造器官，我的躯体一切运行良好。我才思敏捷，精明能干，娶上了一位美丽贤惠的妻子。

一次，我正在施展雄辩才能时，嗓子突然沙哑了，经医师诊断为喉癌，须更换机械替代品。此刻，我痛恨九泉之下的父母，为什么已将我身体的50%换成了人造部件。现在叫我怎么办？要是换上喉的机械替代品，就会超过50%的限制，我将被划分为非人类，将会失去妻子，失去工作与社会地位，永远与机器人为伍。

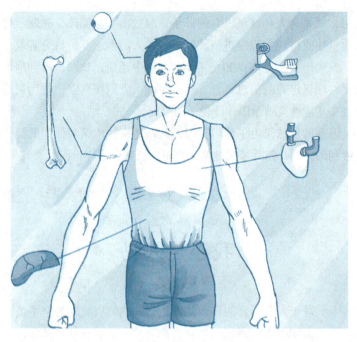

妻子听了我所述，哭着说，把我身上别的机械器官拆下来，换上天然人体器官不就行了吗？她说得对，可是换什么呢？换上天然肝脏，怕得肝炎、肝癌；换脾脏，脾脏与肝脏配套生产；换肾，怕得肾炎、尿毒症。妻子建议我换右臂，但市场上没有人肯出让右臂，而我也不想变为残疾，成为独臂人。

正当我惶惶不安时，一个秃顶中年人找上门来，他是搞生物工程研究的，可以用我的细胞繁殖一个喉咙，而繁殖的喉咙，虽不是天然的，但也不属于机械器官一类。我终于消除疑虑，换上了用自己细胞繁殖的喉咙。每当夜深人静，我时常对着镜子，反复观察自己，自问："我还是人吗？"

《科幻世界》，1996年第11期，方人改编

网络帝国

宋宜昌　刘继安

　　巴比特驾着福特车要去哈里斯岛。高速公路岔道很多，不知哪一条通向哈里斯岛。他把车停在路边，向从他身边飞驶而过的车招手，可没有一辆车停下。原来这些氢动力车全是自动驾驶。忽然有一辆氢动力车停了下来，幸亏随后而来的车上有反冲力装置，才使两车免于相撞。

　　车上下来一位美人，自我介绍说叫珍妮，巴比特向她打听怎样去哈里斯岛。珍妮说，正好自己也要去那里，可以同行。天黑之后，他们在小镇杜瑞克的一家比萨饼店前停下。在马路旁一个大屏幕上，镇长在喋喋不休地介绍杜瑞克镇历史。就在此时，珍妮无意中看到巴比特手里拎着一个发亮的钢罐，巴比特调皮地说里面装的是家乡的苹果烧酒。

　　巴比特气冲冲地离开比萨饼店，随珍妮走进旅店。珍妮一到房间，立即通过网络与男友杰克联系，原来珍妮是杰克派来跟踪巴比特的。珍妮向杰克报告巴比特的情况：巴比特对网络帝国充满敌意，他随身带着一个钢罐，不知里面装了什么。杰克要珍妮提防巴比特，钢罐里可能装有炸药。杰克布置完工作后，就立即关机，杰克对珍妮的冷漠，使珍妮十分痛苦。

　　此时，巴比特没有入睡，他来到珍妮房间，两人就"虚网人"谈了起来。当巴比特知道珍妮的男友是杰克时，便沉默了。他知道杰克是哈里斯岛上网络中心的安全官员，两年前有两个极地部落的居民到网络帝国侦察，就是在他手里失踪的。珍妮告诉巴比特，杰克原是网络帝国的反对者，由于他从早到晚坐在电脑终端前，大脑被电子磁化了，成了"虚网人"。珍妮问巴比特到网络帝国来干什么？巴比特说，要帮助"虚网人"脱离幻境。巴比特托珍妮一件事：万一他发生不幸，请她保管好那只钢罐。珍妮为巴比特的信任而感动。

　　哈里斯岛是网络帝国的心脏。对于巴比特的到来，安全官员早有准备。为了解巴比特来网络帝国的目的，杰克要珍妮尽量满足巴比特的要求，因此，当巴比特提出要进入岛上计算机站，进行一项计算时，安全部门同意了他的要求。在珍妮的陪同下，巴比特顺利地进入计算机站。当珍妮看到操纵机器的"虚网人"几乎成为半机半人的怪物时，不寒而栗，想到她的杰克最终也会变成这个样子，不禁涌出泪水。

计算机完成了巴比特要求的计算，他高兴地离开计算机站。他们在海边走着，巴比特告诉珍妮，他们发明了一种生物武器。

安全部门的专家得知巴比特来哈里斯岛，是为了借助岛上的计算机来确定一种未知生命的最佳分子排列，都松了口气。看来极地部落也想用合成食物解决吃饭问题，只有杰克一声不吭。

网络帝国官员对巴比特的行动失去兴趣，他便乘机到处独自"游览"。两天后，巴比特终于找到一处人迹罕至的山洞。进洞后，他取出钢罐，旋开保护层，当他准备按照计算机站告诉他的最佳比例，加入某种元素，让一种新的生命体在小岛上诞生时，珍妮出现在洞口。珍妮要他快逃，原来杰克一直在暗中监视他。巴比特此时才恍然大悟，原来杰克在对他玩欲擒故纵的伎俩，他自知已无法逃脱，就把钢罐里的秘密告诉珍妮，还给了她一张光盘，请她完成他已无法完成的任务。

巴比特被抓走了，在网络帝国的安全部，他受着非人的折磨。杰克要他交代钢罐里装的是什么，以及来此地的目的，巴比特终于经受不住折磨，招认了培养老鼠的一般性秘密，但没有交代毁灭网络帝国的计划。杰克对此十分高兴，并按预先的计划，把巴比特改变成"网络人"。

巴比特被抓走的那天，珍妮带了钢罐与光盘离开山洞回到临海别墅里。现在珍妮已经跟杰克决裂。为了完成巴比特的托付，她从电脑上读出了光盘上提供的培育噬网鼠的操作技术的信息，又在山洞内苦熬了3个月，终于培育出大量噬网鼠，投入到网络中去。

一天，哈里斯岛上所有的电脑终端一片空白，原来是噬网鼠咬断了光纤传输电缆。"虚网人"束手无策，与外界联系中断。"虚网人"像吸毒者那样，由于得不到信息滋养，变得有气无力，倒在地上，等待哈里斯岛以外的其他"虚网人"前来拯救他们……

巴比特已经被改造成"虚网人"，呆呆地坐在一台无声无息的多媒体电脑前，忽然眼前出现了珍妮。她握着巴比特的手喊道："巴比特，亲爱的巴比特，我来了，咱们一起走吧！"

《科幻世界》，1996年第5期，方人改编

星星的使者

苏学军

爱晚城星宇中学有四个学生，章松、张嵩、林琳和艾蒙，都是初三的。艾蒙是刚转来的，他们从不和到成了好伙伴。一天，艾蒙突然在医院失踪，他留下信说，他到龙骨山深处救助不相识的朋友去了。章松认为那儿是国家野生动物重点保护区，进去有危险。

三人进入龙骨山林场，找不到艾蒙。他们去腾龙峰南侧找古生物采掘队帮助。在悬崖底部山沟里，他们发现了一个长着三只眼睛的怪物，章松开枪将怪物打伤。密林中艾蒙闻声过来，他告诉同伴，那怪物是法迪卡星球上的人，叫梦玛。他是法迪卡行星对地球进行考察的队员，他们利用时间四维技术来到地球。探索考察队总部建立在地球史前时期的白垩纪，梦玛的小组基地就在被地球人称为侏罗纪的时间城。他们到基地的夜晚，突然火山爆发。人员紧急疏散，但还是烧死了16人，剩下24人，其中还有6个重伤。探索分队队长派梦玛去总部求援。梦玛在穿越四维空间时，飞船损坏坠地，他立即用法迪卡的特有信息传出求救信号，艾蒙身上正好有法迪卡基因，获得信息后赶来搭救。不料梦玛遭到三个人类小孩袭击——就是章松他们，艾蒙向梦玛介绍了三个同伴，章松为梦玛治了伤，还答应帮助他为救同伴去寻找总部。

为营救梦玛小组的24名队员，大家决定先把梦玛带回学校储藏室。因需要一架大型飞行器，他们又分头筹集资金，购买修复飞船

的零件。章松他们向家长提出请求资助，父母都以为他们在说胡话，不予帮助。

章松运用自己的电子技术，凑起四人所有的储蓄购买了备件，但最终装配时缺少冲出地球层需要的TR合金。为获得TR合金，他们让梦玛去参加外星人的化妆晚会，夺取由TR合金制成的奖杯。

星际援救计划开始了。章松、林琳和梦玛负责飞船的维修工作，张嵩和艾蒙去机场"借"一架运输机。他们约定在四维空间的时间蛀洞会合。

张嵩和艾蒙租了一辆运输车，把10顶帐篷和半吨巧克力的救援物品装车后，开往爱晚城国际机场。张嵩妈妈在机场调度室工作，他们很容易进入调度室。张嵩趁妈妈不在，启动电钮，把101号运输机调出跑道，装上救援物品强行起飞。

飞船和飞机在蛀洞中心的洞口会合，将达侏罗纪时，飞船遭到地面火山口烈焰冲击，船身一阵激烈晃动后直落沟底。飞机绕过火山口，到达侏罗纪的外星人简易机场。

张嵩、艾蒙带上水和物品、武器，按照梦玛事先指引的探索队基地方向，进入丛林。他们躲过凶猛的异齿龙，找到基地，只见到一个外星人被野兽咬得粉碎的尸体，又见到了一个墓碑，上面写着："安息吧，无名的法迪卡星之子"。他们在营地里待了一晚上，天亮后走到河边，见到对岸一群巨型蚂蚁在咬树木，身边又爬过来一群，只好躲进水中，向下游逃去。

飞机起飞不久，他们就发现梦玛的探索队正在受蚂蚁的追击围攻，张嵩放火烧树木，帮助探索队，把蚂蚁群引向霸王龙，龙蚁恶斗，探索队趁机突围。不料又陷进沼泽，张嵩和外星人一起爬到恐龙身上，终于免遭灭顶之灾，平安抵达岸边。艾蒙运用智慧，引来霸王龙，和恐龙一起围剿蚁群，直攻老巢。在与蚁群的决战中，发现了蚁后，张嵩冲过去杀死蚁后。蚁后一死，蚂蚁群落彻底崩溃，有的向森林逃遁，更多的葬身火海。

章松、林琳和梦玛因飞船遭火山烈焰冲击坠落山沟，落下谷底时，由于山沟烈火腾起的巨大烟浪，使飞船减少冲力，最后落进了树丛里，他们都晕了过去。醒来后，三人商定，梦玛有伤，留守飞船，林琳和章松去找探索队和同伴。途中，他们见到被雷击致死的巨型雷龙，避开了即将爆炸的火山口，刚出林子，林琳又被翼龙双爪抓上了天空，亏得章松眼明手快，举枪击中翼龙眼睛，才救下了林琳。以后，他们又看到了雷龙和霸王龙大战，并且帮助霸王龙战胜了雷龙。后遇上窄爪龙，只得落水躲避，上岸后两人都晕倒了。等他们醒来，已经在探索队新营地。最终在霸王龙帮助下返回基地，一起找到总部。他们在法迪卡总部受到了热情的招待。

在张嵩完成救援使命返回地球时，他代表同伴发言："在这场不平凡的斗争中，我们结下了深厚的友谊。也许有一天，我们人类的飞船在太空遇险时，也会遇到其他智慧生物的帮助。我们整个宇宙生物体本来就是一个大家庭，无论来自哪一个星球，我们都是兄弟姐妹。"

爱晚城国际机场突然接到失踪的101运输机电讯，101运输机即将返回，全城震动。四个孩子的家长焦急地在机场等候已经失踪了一个月的孩子归来。

机场上空，数十艘碟形飞船组成美丽的圆环，悬停在空中，通体散发出迷离的银光，把机场照耀得如同白昼。远处的黑点终于飞过来了，飞碟迎上去，101运输机缓缓降落在机场上。在数千道目光的注视下，机舱门悄然打开，几张稚嫩的面孔露了出来，孩子们的爸爸妈妈飞奔过去，冲在最前面……

《星星的使者》，江苏少年儿童出版社，1996年8月，卜方明改编

在时间的铅幕后面

童恩正

　　1985年，欧阳去非应美国密执安大学人类学博物馆馆长马丁·怀特的邀请，作为访问学者去美考察研究蜀国历史和考古资料。一年后他在纽约大都会博物馆作蜀国古代史报告，赢得热烈掌声。讲演结束，舍逊夫人将他父亲40年前在中国四川传教时获得的一块铜片赠给欧阳，让七星岗的文物重归故里。

　　美国亿万富翁、大古董商杰克逊获悉后，派顾问贾弗里博士找欧阳出资20万美元收买铜片，遭拒。第二天晚上，欧阳在回旅馆途中，遇见3个暴徒袭击一位姑娘。欧阳出于正义，挺身而出制服暴徒，救出了姑娘，与姑娘梅琪认识后，正好顺道一起飞回底特律。梅琪家住在底特律附近阿贝尔小城。梅琪和欧阳相互介绍了过去。梅琪是第二代美籍华人，父母去世很早，唯一的弟弟在洛杉矶上大学，她是化妆品公司的推销员。欧阳一家在"文化大革命"中遭难，父母都被折磨致死。他流浪到天台山，被和尚收容。师傅教他练武，学得一身内功。"四人帮"被粉碎后他考上大学，大学毕业后学考古，专攻古代蜀国史，研究蜀国蚕丛王埋藏的7个宝坑。1935年，当地农民无意中发现了一个装满玉器的坑后，曾引起国内外考古学家的震动，想尽办法来到四川光汉县的宝藏坑，但都无法找到藏宝点。由于两人的早年苦难生活，使他们的盛情交融，产生了爱情，在野外帐篷里度过了两个难忘的夜晚。第三天梅琪突然失踪，欧阳回到办公室发现铜片失窃，保险箱丝毫未见破坏。欧阳想到知道保险箱密码的只有梅琪。他找到梅琪家，已人去楼空。欧阳猜测此事定与贾弗里有关。欧阳找到贾弗里，要求说出偷窃铜片的主使者。贾弗里直告主子是亿万富翁杰克逊。杰克逊所以处心积虑要铜片，因为手上已有铜片的另一半，两枚铜片相合即可找到宝坑所在点，铜片上刻的就是进入宝坑的秘密线路图。欧阳要见杰克逊，因为进宝坑的线路只有他能解释，别人不具备这种知识能力。贾弗里与杰克逊联系，杰克逊同意见欧阳。

杰克逊别墅在山坡尽头，戒备森严。欧阳进入杰克逊办公室。杰克逊以重金诱使欧阳，让他参加掘宝工作，遭到拒绝。杰克逊要采用强暴手段使欧阳就范。欧阳装作同意，要杰克逊靠近前密语。杰克逊不知是计，刚贴近，欧阳立即点中杰克逊要害命脉。警告杰克逊24小时内必死无疑。杰克逊拉开衣襟见到胸部红斑，又觉疼痛，无奈，只得打开保险箱交出铜片作为交换条件。欧阳问及梅琪，杰克逊实告，梅琪是他让贾弗里物色来的。她受暴徒袭击呼救引出欧阳，然后同机返回底特律，森林的帐篷生活，盗窃保险箱密码，都是贾弗里一手策划的。杰克逊告诉欧阳，梅琪曾表示已与欧阳产生真爱。他已为梅琪安排了优越的工作和生活。欧阳答应见到梅琪后才解开杰克逊的命脉穴道。

在贾弗里安排下，欧阳见到梅琪。梅琪愧对欧阳，告知事实真相。她弟弟并非大学生而是个吸毒者。梅琪原想将真情相告，但贾弗里派人要挟，她弟弟已在黑帮手中，如果不交出密码，立即将她弟弟处死。梅琪哭着说："我父母临死时，留下遗言让我照顾好弟弟，我在他们的遗体前发过誓。"欧阳说："所以你就决定把我作为牺牲品？"梅琪本想一死了之，可黑帮不让，反说不交出密码就先把欧阳打死。"欧阳，我没脸再见你，只求你一点，不要怀疑我对你的感情。我欺骗了你，也毁了自己。如果不是为了弟弟，我已经不想活下去了。"欧阳用最大的意志力控制自己，离开了梅琪。他走到街上，在公用电话亭里，打电话告诉杰克逊解开穴道的药方。

两年以后的一个春天，欧阳收到了杰克逊的信。他在信中祝贺欧阳发掘宝藏成功，欢迎他继续访美。他还告诉欧阳，贾弗里已经不再当他的顾问，现在很少接触文物，热衷于在阳台上培植蔷薇花；梅琪弟弟已经在不久前死去。在安排弟弟葬礼以后，梅琪到圣安祺修道院当了修女，她的后半生将在祈祷中打发残生。最后杰克逊写道："当七星岗的宝藏已经有了一个圆满结局以后，我希望你原谅我，也原谅她。要知道，人世间虽然充满了罪恶，宽恕却始终是一种美德。"

《岁月的轨迹》，四川少年儿童出版社，1996年8月，周肖改编

致命的夸克能

王海兵　萧　川

瓦格纳教授是我的导师。当时，他从事夸克研究2年多了，没什么进展。林德只用半年时间就提出夸克结构假设，并经实验证实。瓦格纳非常沮丧。他和林德是同学，都是争强好胜的人。两人时常在报上发表文章，攻击对方。

那天，林德在做学术报告，宣布自己确立了夸克结构假设，据他推测夸克结构有两种状态：高能稳定态和低能稳定态，还当场作了实验。讲得真精彩，全场掌声雷动，我也禁不住鼓掌。我身边的导师阴沉着脸，一言不发。林德在台上说，瓦格纳教授之所以没有成就，在于没有创见。瓦格纳教授听了气得退出会场。

我在实验室外，听到瓦格纳教授在发怒，把放在墙角的一尊石膏像也打碎了。第二天，科学院决定让林德来领导一项新的研究。瓦格纳听后，叹了口气。就在林德领导的研究进行了一个月时，林德教授突然患病。这样夸克能研究工作又由瓦格纳教授接手。

瓦格纳教授领导的研究工作开始了，我作为他的助手，帮他整

理数据、调试仪器，时常忙到深夜。住在医院里的林德时常在报上发表文章，对我们的研究工作说三道四，说瓦格纳教授缺少悟性，不会做出创造性贡献。

转眼间，两年过去了，我们的实验虽做出成绩，但没有最后成功。当瓦格纳知道林德很快会出院时，想在他出院前，完成这项研究。一天深夜，我在打盹，在半睡半醒之际，听到瓦格纳哈哈大笑的声音。我醒来一看，是因为实验结果得到的一组数据非常理想。瓦格纳却说是偶然的，离成功还远！

在林德出院前的一个晚上，瓦格纳教授在实验室忙了一晚。第二天，他要我收拾一下，让出实验室。我把资料收了起来，用一张存储片，把我们两年来辛辛苦苦取得的数据拷贝下来。

林德教授接手研究不到三天，就掌握了夸克状态方程及转换条件。他要进行一次小规模的夸克爆炸实验，邀请瓦格纳参观实验。那天，我陪导师来到会场。林德作了开场白后，要在实验室里进行一场夸克爆炸。爆炸是通过遥控装置进行的，会场变得鸦雀无声。林德按下按钮，爆炸没有发生。林德十分尴尬，说："可能线路坏了！"这时，瓦格纳教授非常得意。

林德教授去爆炸室检查线路，瓦格纳脸上露出得意的神色。大约过了20分钟，地面突然一阵剧烈颤抖，像发生地震，是夸克爆炸。正在爆炸室的林德已化成分子、原子，散布在空中。有人怀疑事故与瓦格纳有关，但提不出证据。我也怀疑，是不是导师提供给林德教授的是一堆假数据，导致夸克的延时爆炸。

回到家中，我拿出从实验室带回来的拷贝，对数据进行核对。突然，我发现一件怪事，所有实验记录中都没有反应时间这一项。而我记得很清楚，是有这项数据的，许多还是我填的，是瓦格纳故意把时间一项删除了。

晚上，我来到导师家。瓦格纳正在喝酒，庆贺他的仇敌归天。当我说到林德的死与他有关时，他的酒杯掉在地上。过了一会儿，他缓缓说道："他使我丧失了在科学界的声誉。其实研究已经成功了，是我故意放弃领导权，在实验数据中删去了反应时间。他误以为夸克能反应是瞬间完成的，没有想到时间这个重要参数。他有敏锐的头脑，能发掘出事物本质，但他忽略了大部分细节。敏锐的头脑有时会带来不幸！"

我无话可说，瓦格纳没有给林德错误数据，法律上他是无罪的。林德为他的狂妄自大付出了生命的代价。但把他化为原子、分子，在道义上瓦格纳教授应该感到内疚。

《科幻世界》，1996年第7期，方人改编

逃生记

王 玮

飞船失去了控制。我刚把求救信号发给母舰，飞船就坠落在一个小行星上。幸好小行星表面覆盖有沙粒，而飞船又比较坚固，我才没受伤。我决定到飞船外走走。

当我拖着疲惫的身子，返回飞船时，看见一只硕大的蜥蜴在吞食我的飞船。我吓出一身冷汗，呆住了，傻看着它把最后一块残片吞进肚。

蜥蜴扫了我一眼，漫不经心地把头扭向别处。蜥蜴甩头时，一团唾液喷了出来，我身上的钛合金防护服又烫又软。我急忙把它脱了下来，甩在沙地上，防护服缩成一团黑疙瘩。幸运的是那黏液对人体没有作用。那蜥蜴看了我一眼，慢慢地钻到沙地中。

夜幕降临，我心头的不安愈来愈强烈，危险就隐藏在脚下松软的沙粒中，谁知道地下有多少怪物。我受不了疲困的侵袭，迷糊中合上了眼皮。朦胧中，一股恐惧揪住我的心。在我侧前方，一对绿荧荧的亮点静静地对着我，我几乎未经思考，连滚带爬地逃亡了。那晚，我穿越30千米沙海，那暗青色的影子还在远处闪现，让我魂

飞魄散。

看来，这只蜥蜴有比狼更坚定的毅力。不一会儿，这只大蜥蜴完整地出现在我的眼前。那漠然的眼神中，夹杂着躁动、贪婪的凶光。它缓缓地张开嘴，晃动着长有绿色分叉的舌头，褐色的黏液，渗过牙缝滴落在地上。此刻，我差不多麻木了，对无可避免的死亡不再战栗。我静静地等着蜥蜴。我和蜥蜴的距离不断拉近。

正在我绝望之时，救援的飞船终于到了。我禁不住热泪盈眶。

《科幻世界》，1996年第2期，方人改编

我和X星球上的"我"

魏树韬

我期末升级考试全部得5分——当宇航员的爸爸许诺在暑假里带我去X星球旅行。

星际航天器载着我们在X星球着陆。厚厚的烟雾环绕着星体，起伏的小山丘在黑色太空的衬托下显得格外明亮。我们在X星球登陆后，当我独自留在舱内复习功课时，一个尖细的声音总是抢先说出答案。阳光透过舷窗射进舱内，光束带状的宇宙中，出现一个只有两滴水珠大、模样很像我的小男孩儿，头上竖着天线，闪现五颜六色的光彩。

他进舱后说："我就是你，每当太阳100年一次在这行星上出现时，阳光照射到宇宙上就会出现我。""我"聪明伶俐，干什么都快，踢足球时几秒钟内便能射中几个球。但不能当守门员，因为"我"碰着踢过来的球，便会破碎散落。太阳要落时，"我"头上的天线逐渐发暗，瞬间便与光束带一起消逝。

第二天，为了等候"我"的再度光临，我拒绝爸爸带我飞到山

顶去看看的计划，宁愿错过百年一遇的机会。

阳光逐渐由舱外射来，"我"又进入舱中。当我拿出最喜爱的模型玩具时，"我"竟能正确地指出：它是首次载着地球人飞往太空的卫星。但"我"不能双手拿，否则东西会立刻粉碎。后来，我用樱桃果酱招待他时，"我"突然周身变红，越来越深。"我"道声再见后，地毯上留下一片樱桃色斑迹。

爸爸回来见舱内又弄得乱七八糟，地毯上还有樱桃果酱的污迹，准备把我送回地球。我向爸爸保证把舱内全部收拾好，并语无伦

次地说："求你别把我送回去。""现在有太阳，有'我'做朋友……太阳消失了，'我'也就没有了……"爸爸以为我得了什么病。

阳光还未射来，我呆呆地站在舷窗前，"我"又出现了，头上的天线闪着暗红色的光。"我"伤心地说："你要走了，我特意提前飞来，请你把那个模型玩具送给我，因为你是我第一个来自地球的朋友。"

航天器已飞到太空基地上，就要飞回地球了。"再见了，别难过，我们再也没有机会见面，我要把这个模型卫星放在我们这个小星球的最高处。这个，给你。""我"说着放到我手上一块小小的热乎乎的东西，"我"便迅速地消失了。

泪水遮住了我的双眼。医师认真为我作了检查，没有发现异常，建议送我回地球，因为X星球的气候对我不适合。

我返回地球后，妈妈非常高兴。我向她讲了在X星球结识"我"的事，并把始终都热乎乎的樱桃红小石头送给妈妈。妈妈听着、看着，微笑地说："好儿子，真是个幻想家"。

《少年科学》，1996年第3期，高毅敏改编

阿赫梅特爷爷的奇境

魏树韬

今天天空中的雾特别大，阿赫梅特爷爷和往常一样，一早起来打扫院子，忽然发现空中战马冲破云雾直向他冲来，他便趴在地上，观看这奇特的景观。小孙子房间的灯一亮，这奇特的景观就没有了。

一连几天的大雾，阿赫梅特爷爷总是看见奇怪的景象，坦克、舰艇，还有他的孙子骑着马挥舞大刀向他奔来，可是每次孙子房间

的灯一亮，这奇怪的画面就消失了。这是怎么回事？阿赫梅特爷爷总是在想。

晚上，阿赫梅特爷爷在听广播，"报告一则新奇的消息：一周前阿普歇伦半岛上空下了一场陨石雨。一些陨石坠入大气层后，没有充分燃烧，崩裂粉碎成白茫茫的石粉雾，这种宇宙的特殊奇境很值得研究。"

阿赫梅特爷爷叫着说："我在这一周看见的奇境，原来都是孙子的梦。"一周的疑惑迎刃而解，可是阿赫梅特爷爷又陷入了新的沉思，陨石雾与他看见的"梦"有什么联系呢？

《少年科学》，1996年第4期，高毅敏改编

尼斯湖底的战斗

肖 凡

英国海军的"小鹰"号、"海狼"号等核动力潜艇，在警卫严密的情况下失踪了。从拍摄的录像中看，是被一头硕大无比的怪物和二三十个肌肉发达的蛙人偷走的。接着，基地又发生多起失窃案，令英国警察十分头痛。

大卫接受了失窃案的调查任务，乘着"水滴"号潜水艇，带上新研制的"海龙"赶往案发现场。观看录像后知道，作案的是长蛇星人客迈拉和梯丰手下的二十八宿。梯丰利用古希腊特洛伊人的细胞，培养出28个不畏死的人并在他们脑中植入微型接收机，使他们完全服从命令。二十八宿的武器精良，成为梯丰的忠实鹰犬。

当"水滴"号潜至200米时，许多小鱼在撞击潜水艇。突然，一股电击使大卫全身麻木，大卫发现电鳗包围了潜水艇。他连忙揿下橙色按钮，潜艇尾部喷出一股墨汁，形成潜艇的模样，在水中久久

不散，使电鳗像着魔似的团团转。大卫乘机离开了现场。

"水滴"号继续下沉，不久来到了一个岩洞里。突然一群水母向他们扑来，水母的刺细胞是淬毒暗器，黏在物体表面，寻找一切机会朝里钻。大卫揿下绿色按钮，微波加热器立即加热，霎时间将黏附在潜艇身上的刺细胞全都烧尽。大卫再用粒子束武器一阵猛扫，水母被打得落花流水。

刚打败水母，只听到"咣啷"一声，岩石中裂开一条大口子，客迈拉和梯丰手下的二十八宿开始向大卫他们进攻了。硕大的怪物客迈拉攻击"海龙"，大卫用粒子束武器对二十八宿一阵猛扫，可是粒子束武器对二十八宿一点都不起作用，眼看二十八宿越来越近，有的已经靠近潜艇。在此紧要关头，大卫揿动青色按钮，艇身的两只机械手如风车般转动，甩掉不少已经爬上潜艇的杀手。突然，只听到梯丰一声令下，岩洞上面的"小鹰"号、"海狼"号等，一艘接着一艘落下来，"他们要同归于尽？"在这千钧一发之时，大卫揿动蓝色按钮，一声惊天动地的巨响，大卫失去了知觉。

原来大卫揿动蓝色按钮后，"水滴"号潜水艇上的救生筏弹出艇外，使大卫浮出水面。岩洞里只剩下客迈拉和梯丰手下的二十八宿、"水滴"号、"海龙"的残骸。

长蛇星人的攻击又一次被遏制了，但是他们还会对地球进行攻击，大卫、丹尼尔和罗克、拉拉百倍警惕，时刻准备痛击来犯之敌。

《少年科学》，1996年第2期，高毅敏改编

新村"怪事"

忻 昀

我们在新村的水泥地上踢球。我一个铲球，球被铲掉了，可是我的胳膊却被水泥地磨破了皮，鲜血直流。在旁边看我们踢球的老爷爷走过来说："还好，回去包扎一下，不要感染。"小伙伴们议论开了，"要是有一个草坪足球场就好了。"

晚上，我看见白天看我们踢球的老爷爷在水泥地上喷水，"他为什么在水泥地上喷水？"

第二天早上，"我们的足球场"长出了草，成了真正的足球场。我把昨天晚上看见的和今天的草坪告诉了同学们，认为是那位老爷爷干的。我们商议后决定一起悄悄地跟着老爷爷，看看他是干什么工作的。

跟老爷爷到达"生命建筑研究所"时，老爷爷回过头说："不要跟了，我早知道你们在跟我了。""我们想知道您的秘密。""好，我带你们去参观我们的'生命建筑研究所'。"

研究所的大门上同时挂着"骨骼建筑室"、"肌肉建筑室"、"皮肤建筑室"、"毛发建筑室"、"血液建筑室"、"神经建筑室"等木牌。

"老爷爷，这建筑怎么与骨骼、肌肉、皮肤、毛发、血液、神经也有关？"

"传统的建筑材料都是钢筋水泥和砖瓦，它们都是无生命的物质。即使用木头做门窗地板，也不能说它们具有生命。这些无生命的建筑材料，都有不可避免的缺陷，给使用的人带来麻烦和不便。"

"我们住的大楼不是挺好吗？有什么麻烦和不便？"

老爷爷摇摇头说："水泥、砖瓦和木头，它们在自然界会氧化、变形等，几年后还要花大量的人力、物力去维修，你们说麻烦吗？"

"我们研究的是如何用具有生命性质的物质，来改变落后的传统建筑。这是一项新兴的生物应用学啊！"老爷爷说着领我们到了"细胞建筑室"。

"小朋友，你们都知道细胞分裂的过程吧，昨天，我在新村的地上洒上特别的细胞，水泥地就长成了草坪。"我听了后叫了起来，"不得了，我们的新村现在大概被草淹没了。""不要紧，今天早上我已经洒上了让它们停止生长的药水，它们不会无限制地生长了。"

"在这细胞里含有各种基因，它不会受重力破碎，因为细胞里有富有弹性的基因，还加进叶绿素，看上去像绿地毯。"

参观了生命建筑研究所，我们都表示一定要好好学习，将来为人类做贡献。

《少年科学》，1996年第11期，高毅敏改编

威威的"专利"

星　河

初一学生威威和他爸爸谈了一番话。爸爸是位作家，烟瘾很大。威威发现自从爸爸用电脑写作后，因为要用双手敲打键盘，他每点着一根烟，刚抽了一口就立刻把烟放到烟灰缸上，结果一根烟总是抽不了几口就完了。

威威把自己的发现告诉爸爸后，拿出了一个烟灰缸："本公司为

您研制了一种最新产品，您只要把烟放到这个烟灰缸上，它就会放出适量的二氧化碳，延缓烟头的燃烧速度。"威威一边说，一边拿过爸爸的烟演示起来。

"可它延缓香烟燃烧速度的工作原理你知道吗？"爸爸很感兴趣地问。"这可是本公司的专利，不能随便泄露。"威威一本正经地说。

事情要从几个月前的一个下午讲起。威威捧着自家的"绿藻"牌氧气增加器，走进了"绿藻"牌氧气增加器有限公司。接待小姐得知威威想了解氧气增加器的工作原理，便耐心地说："绿藻是一种藻类，它吸进二氧化碳，放出氧气。我们仿照绿藻的光合作用原理，制成了氧气增加器，给人们提供一个氧气充足的室内环境。"威威想知道是怎么仿照利用的，然而这种仪器是专利产品，具体技术是保密的，因而他的这一愿望没能得到满足。

威威的好奇心更强了。回家后，他小心地把氧气增加器拆了开来。威威首先注意到的是仪器中央的那个小方盒子，里面有一块绿色的海绵状物质，这大概就是所谓的"专利"吧？他始终没有打开小盒。连接小盒的电路看上去比较简单，威威琢磨着：如果把电路的正、负极与小盒反接，那会怎么样？它会不会变成吸入氧气而放出二氧化碳呢？要是把氧气增加器变成二氧化碳增加器，该怎么改装呢？

后来的几个月，在物理老师的帮助下，利用氧气增加器的主要元件，威威真的做成了一台双功能增加器，秘密就在一个小小的开关上。将它拨到A档，增加器就吸入二氧化碳而放出氧气，拨到B档，增加器就吸入氧气而放出适量的二氧化碳。

不过，这后一种功能又能派什么用场呢？威威终于想出了主意。于是，就有了前面威威与爸爸的对话，也有了威威的"专利产品"——烟灰缸。

《少年科学画报》，1996年第6期，肖明改编

花影朦胧

星 泉

颜和茜快要结婚了。晚上，他们决定去商场买些结婚用品。

一座高耸的楼下，聚集了很多人。警察跑了过去，好奇心使得颜和茜也走了过去。地上躺着一个年轻人，穿着结婚礼服，没戴防护面具。他长得奇丑，死得很惨、很吓人。

　　人们大多数第一次看见别人的脸。由于大气层被污染，而无法遮挡强烈的紫外线，人人都严严实实躲在披风、手套、长靴、面罩里，与外界沟通靠一个小型扬声器和空气过滤器。谁不遮光，紫外线就会灼伤他的面部，使他变成丑八怪。

　　一辆车子驶来，年轻人的父亲蹲下来，用一双抖动的"手套"抚摸着儿子；另一对老人是年轻人的岳父母，他们刚从孩子的新婚典礼上离去。"啊"的一声长嚎，人们仰头望去，新娘也坠楼死了，痛苦的面容浸在泪水里，那张脸是那么美丽，她手里紧捏着一张纸。

警察拿起了那张纸，是男子的遗言。原来那男人见到心爱的姑娘那样美，而自己长得丑陋不堪，配不上她，才选择了自尽。人群响起一片抽泣声。

颜紧紧搂住茜。颜是环境研究所的工作人员，他发誓要早日改变大气环境，让人们可以摘掉面罩生活，不让悲剧重演。

《科幻世界》，1996年第8期，方人改编

试　验

徐向华

今天很闷热，我骑摩托车去兜风。我加大油门，耳边风声呼呼作响，转弯处一辆红色大卡车迎面而来。不好！我眼前一片漆黑。

我醒来时已躺在一张床上，距我近处有一台大机器，一个年轻人来到我床边，说是"时间隧道"把我带来的。他又说，我死于241年前那次事故，因为头骨破裂失血过多而死，并说我的头骨已用生物胶粘好了，左臂是严重粉碎性骨折，没法粘上了……

这时，我才注意到我的左臂血肉模糊。他要我别悲观，他有办法治好我的手臂。原来，他发明了一台物质分解传送机，可把物质分解成分子，以光速传到任何地点、任何时空。这台机器使星际旅行变得十分容易。他还说，这台机器可用来治病，把人身上的病毒分解成分子，除去病毒分子后再组合，人就恢复了。他要我做试验品，也许可以治好我的左臂。

我不知所措，万一试验不成功怎么办？不行，我不干！我还未

说出口，他便自我介绍起来。他叫徐骏，是我的后裔，我们之间有血缘关系。他开始找试验品时，本想随便找个人，怕别人不同意，便从自己家族中找到241年前死去的我。要是成功了，把我救活后还可以再送回过去。听了他的介绍，我同意做他的试验品。

徐骏激动得热泪盈眶。一切准备好后，试验开始了。他熟练地控制着机器。突然，机器出了故障，显示屏显示急需活体细胞。我还是躺在床上……当我再醒来时，发现我的左臂已修复，是徐骏把他的左臂给了我。

第一次试验成功了。他要我再做第二次实验，把分解的物质向任意地点、任意时空传送，把我送回原来时代。我听了很疑惑，他说用机器分解装置把我整个人分解成分子，用机器传送装置以光的速度传送回原来的时代。他讲得绘声绘色，我被他说服了，同意做试验。

一切准备就绪，他等我走进机器的门前，便熟练地摆弄起按键。他说要把我送到出事儿前30秒的时候，要我把摩托车减速，我点点头，朝门内走去。

耳边风声呼呼作响。我想起了他的话，放慢车速，转弯处一辆红色大卡车疾驶而过，险！难道这一切都是真的！

《中国最新科幻故事2》，河北科学技术出版社，1996年1月，方人改编

魔高一丈

徐晓庆

道森博士闯进了"猛士"的办公室。"猛士"是福林软件开发公司总裁，真名叫普洛特·霍尔。道森说，他发明了一种病毒程序，叫 M·K万能钥匙，能打开所有电脑，瞬间就可把公司的资金转掉，把公司银行账号注销。

霍尔听了放下手中的文件，问道森为什么这样做。道森说，他每次研制软件成功后，只长一级工资，还不让休假。他要报复公司，让公司破产，还要报复整个世界，让M·K自行复制，攻击全世界的电脑，使军方的C4I系统瘫痪。

霍尔总裁听后，马上答应给道森加工资，放长假，让他去周游世界。道森举着黑色的遥控器不答应。他知道霍尔是个骗子，只要他放下遥控器，就会把他送进监狱，便说："除非你打死我，但我仍会在死前按下遥控器。"

听了道森的话，霍尔换上愁苦面容，无可奈何地摆了摆手。突然，霍尔魔术般地掏出一个遥控器说："我也有M·K，它是总电键。我一按，你的计算机就会停止工作。"

"不，我会比你快一步。"道森大声说着，但他已掩饰不住心中的恐慌。

两人相持着，时间一分一秒地过去，霍尔显得很平静。道森却紧张得鼻尖冒汗，他盯着霍尔的手，唯恐霍尔先按下遥控器。最后，道森支持不住，摔下遥控器，跪在地上，向霍尔讨饶。霍尔装出不计较的样子，要道森交出他的病毒程序，并答应信守诺言。

道森走远了，霍尔才舒了口气。

两星期后，M·K病毒程序被改名为"猛士"，高价卖给了国防部。道森博士被指控犯讹诈罪判了刑。霍尔的软件公司生意更加红火了。

《科幻世界》，1996年第11期，方人改编

警察的故事

杨　捷

午夜，警察杰米正躲在富翁克里帕的花园里。他穿着便装，背着文具盒样大小的黑盒子。他靠这个黑盒子，收集周围尽可能多的氧气，以供呼吸。杰米躲在这里是为偷东西。他只想犯点儿罪，争取被抓进监狱。

第二天，报纸上报道了富翁克里帕家失窃的消息，警察局接手调查这件案子，杰米自然不肯接受调查任务。几天过去了，警察局没有抓杰米。原来，那晚杰米盗窃后，消除了现场痕迹，没有留下任何破案线索。于是，他又在深夜潜入克里帕家，故意弄出响声，结果当场被擒。

一个月后，杰米被判处无期徒刑。他欣喜若狂，十分激动。原来，杰米了解到，由于地球严重缺氧，国际组织决定，被判无期徒刑的罪犯将由火箭载入太空，飞向其他星球，以减少地球上氧气的消耗。杰米决定去闯一闯，他再也不愿在环境一天比一天恶劣的地球上坐以待毙了，或许能降落到一个适合人类生存的星球上。

随着"轰"的一声巨响，火箭消失在空中。等待他的是幸福，还是死亡，杰米已来不及多想了。

《科幻世界》，1996年第10期，方人改编

时光错位的旅馆

杨 鹏

夜间，罗马医生驾着他那辆老式汽车在沙漠里行驶。突然间，暴风雨以不可阻挡之势降临。在电闪雷鸣中，他看见不远处有一所红房子。

罗马医生将车加大油门，全速向它开去。这像是一家废弃已久的沙漠旅馆。他又困又累，推开一扇房间的门，倒头便睡。

也不知睡了多久，他迷迷糊糊地睁开眼，下了床，向镜子走过去。该刮脸了，这是罗马医生每天早晨要干的第一件事。他看见镜子里有个七八岁的小孩儿，长相和儿时的他一模一样。他冲镜子里的孩子笑了笑，镜子里的孩子也冲他笑笑。他突然汗毛倒竖，哎

呀！镜子里的小孩儿不会就是自己吧？！罗马医生环顾四周，房间里除了他，没有别人。镜子里的人就是罗马医生。这一吓着实不轻，罗马医生大叫一声，从房里夺门而出。

他闯进了另一个房间，这间房与刚才的那间一样整洁。罗马医生绝望地看着镜中那个七八岁的男孩儿。他暗自庆幸自己没有睡过头，要不然，他就要变成胎儿，回到妈妈的肚子里去了。夜幕迟迟没有降临，他望了一眼窗外的太阳，天啊！太阳移到中天去了——中午徐徐到来！这又是一个时光倒错的房间！罗马医生不敢久留，便推门而出。

第三个房间也很整洁，房中也有一面大镜子。他拉开窗帘，看见暗红色蛋黄似的太阳从地平线上弹了起来，跃到空中，一下子变得金碧辉煌，又急忙向头顶上跑去，然后沉甸甸地落到地平线以下。眨眼间，天空变得一团漆黑，一个金钩子似的月亮从天边飘浮而来，它和太阳一样，似乎有什么急事儿，在天空中亮了亮相，便掉到天的另一头去了。

更让罗马医生惊讶不已的是，他看见镜子里的男孩在"呲呲"生长。不一会儿，男孩变成了风华正茂的少年；又过了一会儿，变成了青年，两腮长满了大胡子；喝一杯茶的工夫，罗马医生恢复了原来稳重的中年人模样，并有迅速变老的趋势。罗马医生急忙逃出了房间，不然，要不了多久，他就变成一个白发苍苍的老头儿了。

罗马医生在这个让人迷惑的旅馆中来回穿行，每到一个房间，都有一件奇怪的事儿发生。比如旅馆明明只有两层楼，但在某个房间向下望去，却觉得离地面有2000米高，下边的窗户有五六十个。又比如旅馆明明是在沙漠中，可从某扇窗户往外望去，却能看见一望无际的非洲大草原、耸入云端的珠穆朗玛峰或红帆点点的地中海……有的房间时间停留在遥远的古代，长颈恐龙伸着蛇一般的脖子从窗边向他扑来；而另一些房间的时钟却远远走到了未来……罗

马医生强烈地思念起家来，可是他怎么也找不到来时的门了！

　　10年以后，罗马医生终于回到了家。当失踪十载的罗马医生奇迹般地出现在家人面前时，他的相貌还与10年前一样。至于他是怎么回的家，他是如何找到红房子的出口的，那红房子是不是还在，以及它所在的确切地点，罗马医生始终守口如瓶。

《少年科学画报》，1996年第5期，肖明改编

赫拉克勒斯之剑

杨　鹏

　　我和"梅吉"星来的同学白月在准备毕业考试。突然，爱因斯坦教授告诉我们2050年制造的"赫拉克勒斯之剑"被盗，命令我们火速进入四维空间，追寻盗"剑"罪犯，把"剑"追回。我对这把"剑"早有所闻，它的能量要比1945年毁灭广岛的原子弹能量大1000倍，如果被不法之徒带到地球上引爆，地球的历史将被改变，人类也不会再存在。想到这里，我不禁倒抽了一口凉气。

　　我和白月驾着"猎神星"号飞船，飞出月台。"轰隆"一声，飞船超过光速，进入四维空间。漆黑的宇宙变得五光十色，目标出现在AC—27区。白月对电脑发出指令，让飞船进入卢克—Ⅲ号时间隧道。为了抢时间，追赶目标，我要白月让飞船走童第周—Ⅳ时间隧道。白月说，那里是危险通道，会遇到时间塌方，不同意。

　　荧光屏上的亮点越缩越小，不能眼睁睁地看着坏蛋溜走，我对电脑下达了指令，让"猎神星"号立刻转向，进入童第周—Ⅳ时间隧道。于是，光点在荧光屏上越来越亮，一路无事，我颇得意。

　　这时，"猎神星"号"轰隆"一声停止前进。电脑显示，前方可能要出现时间塌方，"猎神星"号请求返航，我没有同意。电脑

发出指令，"猎神星"号再次启动。荧光屏上的亮点越来越大，"猎神星"号即将抵达童第周—Ⅳ顶端。

忽然，我感到"猎神星"号在微微颤抖，一声巨响，时间塌方提前了！"猎神星"号被埋进时间里了。荧光屏上的亮点越来越小，载着"赫拉克勒斯之剑"的飞船正远离我们而去。我后悔没有听从白月的劝告和电脑的提示。

我打开呼救设备呼喊救援。一艘外形像螃蟹一样的清扫飞船出现了，它挥舞着铁钳子，透明而沉重的时间隧道被它挖掘出来。几分钟后，清扫飞船将"猎神星"号拖出玻璃般透明的通道。

"猎神星"号出了故障，停靠在修理站的平台上。一个青年人从容不迫地检查机器，他说一两天才能修好。我哀求他快一点儿，年轻人说："毫无办法。"

修理时间比预计的时间拖得还长，5天后"猎神星"号再次起飞！我的心一直悬着，不好意思看到白月，我知道她把焦急埋在心里。我们的飞船无望地在四维空间里游荡，我对再次碰见偷盗"赫拉克勒斯之剑"的罪犯不抱希望。

奇迹出现了，3天后，我们在AC—27区遇到了寻觅已久的盗"剑"飞船。盗"剑"罪犯试图离开四维空间。我给电脑输入指令，让"猎神星"号超光速飞行，追上目标。我们从四维空间追回三维空间，"猎神星"号紧咬目标不放。现在，飞船正处在太阳系边缘，目标飞行的方向指向地球。

我让"猎神星"号全速飞行。白月说，罪犯脱离我们监视已有8天之久，为了不打草惊蛇，还是进行隐形跟踪，我同意了。

1小时后，"猎神星"号飞船跟随目标飞船进入了地球大气层。目标飞船掠过一片原始森林，停在一片草地上。一个男子从飞船里走出来，他拿出画板、画架和画笔，聚精会神地画起画来。

森林里冲出一只张牙舞爪的恐龙，向正在作画的"画家"扑过去。救人如救火，我拔出激光剑，从飞船中往下跳，激光剑刺进霸王龙的三角头里，它轰然倒地。"画家"发现了我和已经显形的"猎神星"号飞船，逃向原始森林，我穷追不舍。白月已从飞船中出来，枪口对准了"画家"。

　　我们对"画家"的飞船清查了一遍，没有发现我们要找的"赫拉克勒斯之剑"。白月责怪我，杀死了那只恐龙，意味着杀死了一系列本该出现的动物，篡改了历史。我一肚子气直往那"画家"身上发泄，要他说出"剑"藏在哪里？那家伙却是个哑巴！

　　怎样从俘虏那里获知剑的藏处呢？我想出一个好办法——闯入他的梦境。等"画家"入睡后，我让白月当看守，自己则溜回飞船，打开梦仪，发出与"画家"一样频率的电磁波，于是，我进入了"画家"的梦境。

　　我走进一个长长的走廊，两边挂着各个时代的世界名画。让我惊奇的是这些画一半儿都是爱因斯坦教授的作品。他怎么会知道爱因斯坦？走廊消失了，天空出现一个火球，燃起漫天大火，是原子弹爆炸！一柱顶天立地的蘑菇云，到处是尸体、鲜血、废墟。

　　这时，一道白光射来，我定睛一看，是一把飞刀向我刺来，我一闪身躲过飞刀，原来是"画家"的飞刀。他问我，为什么闯进他梦境？我要他告诉我"剑"藏在哪里？"画家"竟凌空而起，跟我打斗起来。几个回合后，我的剑被他打落。眼看我要断送在这位"画家"手中，白月来了，她挥剑一挑，"画家"消失了。白月拉着我的手，纵身一跃，进入了"画家"意识的更深层。一个长满灌木的小岛，无数巨大石像站在我们面前。白月说："明白了，他把'剑'藏在1680年的复活节岛上。"

　　我的梦醒了，我们探到了"赫拉克勒斯之剑"藏在1680年的复活节岛上。于是，我们把"画家"押进飞船，立即穿越四维空间，抵达1680年的复活节岛。

　　飞船在海滩上着陆，复活节岛上的空气温暖又湿润，我们3人静静地走着。白月手里提着一只油漆桶，走过一片沼泽地，身后传来一个陌生的声音："救救我！"原来，白月从我们登上岛就发现被一个隐形人跟踪，她故意将这个隐形人引进泥沼。那隐形人说，是爱因斯坦教授派来协助我们的。白月用油漆刷给那正在沉没的隐形人刷了几下，一个光秃秃的脑袋突显出来。

我们来到一座石像后头，"画家"用手在石门上划了几下，石门徐徐敞开。我们沿着台阶往下走，来到一间密室，"画家"又按动了一个旋钮，我们见到了通体透明、蜂窝状的"赫拉克勒斯之剑"。这时只听"啪"的一声，隐形人开枪射中了"画家"，"画家"倒在血泊中。

白月抽出枪对准隐形人的头颅，他说，自己是爱因斯坦派来的时间警察，奉命来杀死"画家"。闪亮夺目的"赫拉克勒斯之剑"被他那无形的手拿起，正悬浮在半空中。"头颅"把剑装进隐形口袋，和我们一起走进"猎神星"号飞船，他驾着飞船，驶离地球。

飞船开始超光速飞行，进入四维空间。白月朝四周望了一下，一脸疑惑，对"头颅"说，走错了时间隧道，"头颅"发出一阵狂笑，说道："我是2050年A国的艾洛姆中将，我要去的地方正是2050年的A国。"

啊，上当了。我们拔出枪，不料突然间地板下陷，我们跌进一个铁箱子，原来是一个机关！真不明白，这艘我们熟悉的飞船怎么会没有这个机关呢？

头上的钢板翻了起来，出现一片光亮。"头颅"说，电脑不听话，被他废了，现在飞船有危险，要我们帮忙启动救急用的第二套驾驶设备。白月怕飞船出事，会炸毁时间隧道，便指挥"头颅"，启动飞船的第二套驾驶设备。

飞船又回到了三维宇宙。"头颅"突然大惊失色，一群流星正朝我们飞来，飞船进行曲线飞行，躲过了流星群，又遇到黑洞。飞船越来越快地旋转，直扎向黑洞。在黑洞边缘，一块石头撞破船窗，正击中"头颅"，他的前额裂了开来，原来"头颅"是个机器人。"赫拉克勒斯之剑"也被击成两段，但没有爆炸，原来"剑"也是假的！

当飞船接近黑洞时，一股强大的力量拖住了飞船，并把它放进另一艘比它大3倍的飞船肚里。我们惊愕地发现，救命恩人竟是在复活节岛上被击毙的"画家"。原来这位"画家"是爱因斯坦乔装的，机器人是教授派来的，修飞船的青年也是教授装扮的，还在飞船上偷装了那个机关。这一切都是教授安排的，是一次别开生面的毕业考试。

当教授宣布我们通过了毕业考试，成了正式的时间警察时，传来消息："赫拉克勒斯之剑"真的被盗，爱因斯坦教授把追回"赫拉克勒斯之剑"的任务交给了我们。

《少年科学》，1996年6~9期，钱开鲁、方人改编

梦·幻灭·2050

杨薛亮

自从嫁给白宁后，一切科研都与我无缘。白宁在事业上没有多大进展，他说是他的导师维恩扼制了他的才华。白宁开始研究发射理论，说他发明了一种仪器，能命令别人按他的思想办事。前几天，研究所打来电话，说维恩自杀了。白宁一点也没有吃惊，这事儿我觉得有些蹊跷。

一天晚上，我从梦中惊醒。白宁安慰我，说他是历史上最伟大的发明家，所有的自杀案件都是他的杰作，他要所有人做他的奴隶。我劝他不要把才华用在杀人、报复上，他不听。

我走出家门，想到了初恋的男友郑怡，给他打了电话。郑怡把我接到他家，我把白宁的事儿告诉了郑怡。他不相信"思想控

制仪"能操控人脑思维，我要他留心点。突然，郑怡神色急变，瞳孔放大，仿佛变成了另一个人。我大吃一惊，难道这又是白宁的阴谋。

郑怡要我躲到里屋去。我进了里屋锁上门，只觉得天旋地转。当我醒来时，白宁却坐在我床边。我问起郑怡，白宁说，郑怡在他的实验室里埋头工作，还要我去看看。

我到了白宁的实验室，出来欢迎的竟是一群猛兽。一见到白宁，咆哮声就停止了，它们摇头摆尾地讨好主人。白宁说，这是他的实验成果，用指令控制他们。这时，郑怡出来了，他似乎不认识我，笑容满面地和白宁说话。白宁要郑怡给我介绍一下实验构思。

郑怡表情木然，像是个机器人。实验室里有10个人脑标本，我努力使自己平静下来，想弄清是怎么回事，郑怡给我做了介绍，从巴甫洛夫条件反射学说，到心灵感应。说白宁在研究反射机理时，发现有一类反射能跨越时空。白宁借助电脑分析人脑电波特性，利用仪器自动调节发射频率，达到和人脑的接收谐振，从而控制人的思维。我明白了白宁所做的实验，更担心郑怡，他完全是无辜的呀！

我被关在别墅里。白宁常来看我，还说内心深处一直在爱我，真让我感到恶心。一天，郑怡进来对白宁说，实验成功了。白宁兴奋地叫了起来，跑了出去，我也趁机溜了出去。

白宁和郑怡跑进一间铁皮小屋，我刚走近，听到白宁和郑怡正在争辩。争论了一会儿，白宁突然倒在地上，一动不动。郑怡开了门，搂住我说："一切都过去了，一切都好了。"

精神病治疗中心病房里，白宁嘴角歪斜，涎水直淌，医生说他没有恢复的希望了。这时，郑怡说有点事儿要离开，我在郑怡的西服上夹上一枚领带夹，里面藏有窃听器。我通过窃听器听到郑怡在向新闻记者介绍他的最新发明。

采访结束后，郑怡来了。我问他白宁是怎么回事儿？他说：白宁想控制他，让他改进白宁的"思维控制器"。而他做了一个带有放大功能的反射器，把放大数百倍的思想冲击波打回白宁身上。由于白宁没有穿上防护服，所以变成了植物人。郑怡还说，他打垮白宁，是想得到我。

我闭上眼睛，泪如泉涌。这一切像一场梦。

《中国最新科幻故事1》，河北科学技术出版社，1996年1月，方人改编

未来的学校

叶永烈

在未来市参观一天之后，我坐下来，打算记下今天的奇遇。这时小虎子来了，在我身边坐下，于是我和他聊了起来。

我问小虎子现在是怎么上课的。小虎子介绍，他们现在还是到学校上课，他们的小学很大，有3000人。教室十分宽敞，座位是阶梯式的，前面是一个大银幕，老师讲到什么，银幕上就放映什么。放映机的光线是从后面照射到银幕上的，光线很强，画面很清楚，这种电影叫"白昼电影"。现在制造出一种叫"写话机"的电子仪器，能自动把老师的讲话变成文字记录下来，所以上课时学生可以专心听讲，用不着记笔记了。回家做作业时，再打开写话机进行复习和认真书写。

小虎子拿出一个小方盒，按了一下开关，小方盒便不断送出白色的纸，纸上出现一行行端正的字。"这写话机，对于我们新闻记者来说，实在太方便了。"我不由得赞道。

小虎子接着介绍，我们对老师讲课有什么不懂之处，就举手提出，老师把影片停住，直到大家都懂了，再继续放映，这叫"停机

放映"。也有的时候，老师把重要的内容放完之后，再倒回去，反复放映。

小虎子说，同学们很喜欢上地理课。上地理课时，老师带领大家坐原子能喷气飞机去世界各地旅行。这种飞机又大又快，一个年级1000多个学生坐在一架飞机里，早上8点起飞，8点半就到法国了，傍晚就可以回到未来市。小虎子他们到过欧洲、非洲，还去过南极。

小虎子又说，除了地理课，他对生物课也很喜欢。上了生物课，看了教学影片，他才知道世界上过去有什么蚊子、苍蝇。他从未看到过蚊蝇，因为在他们未来市里没有这些害虫。

聊到这儿，门突然开了，进来的是机器人铁蛋："10点钟了，该睡觉啦！"说完一转身，顺手把电灯一关，就走了。

"铁蛋怎么管起我们来了？"我感到有点儿奇怪。"那是爷爷搞的。"小虎子说，"我做什么事总喜欢一口气干到底，一干就干到很晚。所以爷爷特地在铁蛋的电子脑中，加了一个自动装置，叫铁蛋每天晚上10点钟来看看。如果灯还亮着，他就进来把灯关掉。"

小虎子睡觉去了。我打开采访笔记本，写下了从昨晚到今夜的奇异见闻。

《科幻故事200篇》，上海科技教育出版社，1996年9月，庄秀福改编

魔术般的工厂

叶永烈

按计划，今天小虎子陪我和小燕参观人造粮食厂。我们坐着一辆飘行车来到了厂里。人造粮食厂真古怪：一座座厂房几乎全是绿色的，连房子的墙壁、屋顶也全都是绿色的。在厂区，偶尔看到几个机器人在工作，却没见一个工人。

小虎子领我们找到了杨老师，她就是小虎子的妈妈。杨老师先领我们参观总控制室，它像一家钟表店——墙上满是圆的、方的、扁的、长的仪表，还闪烁着许多红红绿绿的小灯。在那些仪表旁边，写着一排排字："人造淀粉车间"、"人造蛋白车间"、"人造油脂车间"、"人造糖车间"、"成形车间"、"仓库"……

杨老师是"人造淀粉车间"的主任，她带领我们去参观她的车间。我问为什么把车间的墙壁、屋顶涂成绿色的？杨老师说，这跟植物的叶子是绿色的属同样的道理。在叶子里，有着绿色的叶绿素，庄稼依靠叶绿素制造养料。如今，他们仿照庄稼的叶子，用透明的塑料做成墙壁和屋顶，在夹层中涂着人造叶绿素。白天有太阳照射，夜里有人造小太阳照耀着。工厂用自来水和炼钢厂、发电厂废气中的二氧化碳做原料，经过人造叶绿素的"光合作用"，制造出大量的人造淀粉。淀粉落到地下室里，然后用管道送到仓库集中起来。

接着，杨老师带领我们参观成形车间。只见那雪白的人造淀粉，流进一台台成形机，在机器里打了几个滚儿，出来时变成一颗颗珍珠般的人造大米。杨老师说："本来，这道工序无关紧要，这完全是为了照顾人们吃大米的习惯，才把人造淀粉再加工成一粒粒大米。"

人造大米被传送带送到包装车间，装进一个个薄薄的塑料袋里。杨老师介绍，这口袋很结实，并且水渗不进，细菌也钻不进，即使把一袋大米沉到湖底，放上几年，里头的大米也不会变质。

最后，我们到人造蛋白质车间参观。杨老师说，人造蛋白质是以从石油中提炼出的石蜡做原料，在石蜡中放进一种叫作"吃蜡菌"的微生物，"吃蜡菌"吃了石蜡，变成身体中的蛋白质，再把这些"吃蜡菌"捣成酱，就成了人造蛋白质了。"真神奇，简直像在变魔术！"我不由得赞叹。

我们参观完了，就乘着飘行车回家了。

《科幻故事200篇》，上海科技教育出版社，1996年9月，庄秀福改编

农厂里的奇迹

叶永烈

今天是去"未来市农厂"参观。车子驶到玻璃温室门口停下，我们下了车，看见几棵大树。仔细一看，不是大树，而是大向日葵：茎如电线杆，叶像被单，花盘有桌面大。刘叔叔看到我吃惊的样子，说："这只是'小意思'，温室里还有更多使你吃惊的事。"

走进温室，里面全是水，水中有床一样大的南瓜。刘叔叔介绍，那是水生南瓜，由于它怕冷，所以种在温室里。这水不是普通的水，而是营养丰富的培养液。让庄稼在培养液中生长，叫作"无土壤培植"。

我们在池子边走着，一条大鲤鱼从水中跃出，溅了我一身水，把我的衣服弄湿了。刘叔叔让我把衣服脱下给他，没多久，刘叔叔把已经烘干的衣服还给我。我感到奇怪，刘叔叔解释，刚才他是把

衣服放进红外线快速烘干机烘干的。这种烘干机专门用来烘果实、种子，只要一两分钟，就可使果实、种子干燥，收入仓库。在这儿，已经做到"晒粮不靠天"。

这时，刘叔叔请我们吃西瓜。这西瓜真大，怕有50多千克重。刘叔叔说，他们研制出一种"植物生长刺激剂"，能刺激庄稼生长。普通的玉米喷上它之后，长得像树一样高，普通番茄喷上它以后，结出的番茄比脸盆还大。

吃完西瓜，我们离开玻璃温室，坐上飘行拖拉机。这种飘行拖拉机是腾空、脱离地面的。刘叔叔说，这种拖拉机力气大，开得快，而且不会陷在泥里。因为它可以从庄稼顶上开过去，所以在田野上不需要留出拖拉机路。

刘叔叔一边开着拖拉机，一边告诉我们，那叶子如床单大的是白菜；那像松树似的是甘蔗；那如胳膊粗的是丝瓜，它的下面长着萝卜。

在田野上，我看到一大片芦苇，刘叔叔却说是水稻。由于有了足够的人造淀粉，水稻种得不多，主要是让大家换换口味，因为人造淀粉同天然大米的口味是不同的。

这儿的庄稼自从用了新型的植物生长刺激剂，不仅长得高大好吃，而且长得很快：一个月收一次苹果，半个月收一次甘蔗，10天可收一次白菜、菠菜。现在，整个未来市的蔬菜、水果，都是由"未来市农场"供应。

拖拉机一转弯，我看到一大排厂房。刘叔叔介绍说，右边的工厂是生产植物生长刺激剂的；当中是生产农药的；左边的工厂是生产化肥的。他们制成了一种新的肥料——固氮粉，它是从根瘤菌里提炼出来的，把它撒到土壤里，会把空气中的氮气变成氮肥。他们的农药厂还专门生产一种新农药——"保幼激素"，在害虫中喷了它，害虫就一直保持幼虫状态，不会变成成虫，无法繁殖后代，最

后被消灭掉。这种新农药对人畜没有副作用。

对于刘叔叔他们所取得的成就，我钦佩不已。

《科幻故事200篇》，上海科技教育出版社，1996年9月，庄秀福改编

黑　影

叶永烈

金明和助手们一夜未睡，心里却乐滋滋的，都为终于揭开了"鬼山"黑影之谜而高兴。

然而，如何把娄山安全"请"下山，却是一个棘手的问题。他在与世隔绝的荒山中生活多年，根本不知道在中国发生了天翻地覆的变化。如果他把金明当成来搜捕他的人，穿上"穿壁衣"逃之夭夭，那就麻烦了。金明决定，对娄山进行"攻心"智取。

第二天，金明和戈亮、张正乘上原子能直升机，飞往"鬼山"。在离洞口几十千米处下了飞机，他们先在暗中观察娄山的生活规律。观察了3天，娄山的生活规律没有什么变化。到第4天清晨，金明决定行动。他们看到娄山从洞中冒出，消失在密林中。金明和张正迅速入洞，戈亮在洞外望风。在洞中布置停当后，3人安然退回洞外的草丛中。

中午，娄山回到洞中，打开手提箱，把上午刚捕获的一只美丽的蝴蝶放入箱中。几十年来，娄山在"鬼山"上捕捉各类昆虫，制成标本。娄山放好蝴蝶，习惯地上床午睡，发现枕头上有一封信，信封上用毛笔写着：娄山同志亲收　魏英。这笔迹很熟悉，确实是魏英手迹。魏英在信中说："托人送上一台彩色电视机和一面红旗，今晚我将要在电视台演出节目。祖国需要你，请你下山。你如愿下山，可把红旗挂在洞口，会有人接你下山。"

娄山读完信，抬头一看，墙上挂着一块东西，是像纸一样薄的电视机。娄山按了一下电钮，荧光屏上显出图像，娄山便看了起来。

在草丛中的金明等人，见洞中没有动静，戈亮和张正急了，金明却下令撤退，说："娄山下午没出洞，说明他被电视迷住了，我们明早再来。"

第二天凌晨4点，3人再次上山，看到洞口挂着一面红旗，一位老者站在红旗下。金明快步上前，和老人热烈握手，欢迎他下山。娄山把3件宝贝——男式"穿壁衣"、女式"穿壁衣"和一箱昆虫标本，全都装上了直升机。

金明笑着告诉娄山："你的'穿壁衣'，不仅惊动了公安局，而且惊动了中国科学院。自从朱敏教授在'鬼山'山洞中捕捉到一只吸血蚊，并查明蚊子吸的是AB型人血后，山中黑影便成了爆炸性新闻。"娄山问，人们讲他些什么。张正插嘴，有人说是野人，有人说是外星人，还有人说是狼孩。娄山哈哈大笑起来。

金明请娄山公开"穿壁衣"的秘密。娄山说，他父亲去世了，实验本也丢了，所以他只能把从父亲那儿听来的一些解释告诉大家。

世外老人，历尽艰辛，终于归来了。

《科幻故事200篇》，上海科技教育出版社，1996年9月，庄秀福改编

奇怪的文明棍

仪垂江

在S市，一黑衣人手拿文明棍，正在对一妇女微笑。那妇女刹那间像小孩儿似地手舞足蹈起来，那黑衣人拿起妇女的包就走了。突然，那妇女为丢失包而神色大变，大呼小叫。像这样的案件在S市发生了多起。

公安局的大屏幕上显示出黑衣人在人民银行出现，警察迅速包围了银行。黑衣人一手拿着一个装满钱的手提包，一手拿着文明棍向大门走去。队长一步冲上前去，亮出逮捕证要铐黑衣人，突然，大厅里的人都像小孩儿似地手舞足蹈起来，那黑衣人匆匆朝大门外走去。在大门口，一位老人站在那里，手里也拿着一根文明棍，黑衣人一惊，难道是他？老人缓缓回过头来，果然是黑衣人的舅舅。黑衣人趁老人还未站稳之机，用文明棍向老人砸去。"啪"的一声，文明棍砸在黑衣人的头上，他慢慢地倒下了。

原来老人是中国神经学院的教授。1年前，他在一次微波实验中，发现超微波对人的脑微波能产生强烈的干扰，使大脑皮质立刻处于抑制状态。他想："这种超微波一旦改变频率，能不能刺激神经原，使其发生定向联系呢？"于是在他的脑海里立即出现一个个抑郁症患者在微波的刺激下哈哈大笑的幻影。两个月后，他成功地把微波放射器嵌在文明棍的握柄上，临床实践给患者带来欢乐。

然而用文明棍抢劫钱财的新闻使老人自责。他研究出微波回收器，并制成遥控转向器，准备捉拿罪犯，刚才黑衣人误打自己就是遥控转向器的作用。

《少年科学》，1996年第12期，高毅敏改编

蝴 蝶 梦

尹华博

　　珊迪打开老师艾丽丝送给她的生日礼物，一只精美的蝴蝶标本，这是她梦寐以求的东西。珊迪望着它，眼睛一动不动，泪水悄然流下。它毕竟是标本，世界上很难再有它的身影。动物残存的栖身地被人类破坏，地球上的人类只能孤独地在这个单调而肮脏的世界上生活。

　　在她刚满12岁时，就许下心愿：看到一只活着能飞的蝴蝶。时光悄悄地流走，珊迪未忘记过自己的愿望。一年后，在一次春游中，她看见一只蝴蝶在花丛中飞舞，与艾丽丝老师送的标本是同一种类。她走近细细观看，忍不住伸手摸了一下蝴蝶翅膀。蝴蝶受惊飞走了，留下一股粉尘。

　　珊迪回来后就得了病，原来变异的蝴蝶身上有剧毒物，使她昏昏沉沉。忽然，她感到身体变轻了，变成了美丽的蝶翼。母亲来到了病房，今天是珊迪13岁的生日，母亲带来她最爱吃的菜，呼喊着小珊迪。但是，珊迪再没有醒过来，悄悄地离开了这个世界。

　　窗外，飘过一朵像蝴蝶般的云。这洁白的蝴蝶是这个世界送给她的最珍贵的礼物。

《科幻世界》，1996年第8期，方人改编

出卖时间的代价

尤浩然

陈怀安博士翻开小时候的日记，看看50年前发生的琐事。当时，他仅18岁，想进大学，得到能抬高自己身价的大学文凭。现在他准备回到那个年代，帮助年轻的陈怀安。

2003年8月，一个小伙子正在屋里温习功课，一阵敲门声。年轻人开了门，见到一个老人，外貌很像他死去的父亲，老人说来找陈怀安。

老人进了屋，感慨万千，他不知怎么才能让年轻人相信这件荒唐的事。老人说，自己是个特异功能者，可洞悉一个人的过去、未来，他要来帮助陈怀安。为了证明自己的特异功能，他说年轻人手上有一条刀疤，是和别人打架时留下的。年轻人完全相信了老人有特异功能，便问："今年高考我能考中吗？"

老人叹口气说，你没有考上大学，而且一生命运坎坷。于是，老人开始讲述年轻人的未来，也就是他的过去。说年轻人11岁时父母亲去世，由姨母抚养；18岁高考落榜，20岁被姨母赶出家门；在社会上闯荡数年，因故意伤人罪被捕入狱；在狱中结识了因失手杀人被捕的老教授，把他培养成时间量子学的学者；一天他驾着"时间机器"回到故土，找到只有18岁的自己，帮他考上大学。

年轻人听后，瞪大眼睛，张大嘴巴，问老人是谁。老人说："我叫陈怀安，是50年后的你。"年轻人惊讶得说不出话来，没想到来找他的竟是50年后的自己。年轻人的疑虑消失了，明白了老人是来帮助他考上大学的。

老人拿出几张纸，是今年高考试题答案。老人说，时间快到

了，该返回了。要他一定要考物理系，研究时间量子。临走时，老人又拿出几根金条，供他读书用。

老人匆匆地走了。年轻的陈怀安像刚从梦中醒来。一阵狂喜涌上心头，但他不知道改变了的未来是什么样子。

老人从以前的家中出来，上了出租车，到了山里，找到他的"时间机器"。一阵颤抖，"时间机器"带着博士进入了四维空间。时空旅行自动进行，需要1小时。他拿起杯子想喝咖啡，手上却冒出白气，全身都似在蒸发，整个"时间机器"都似在蒸发。他不能动，话也不能说，只剩下思维了。他想起了狱中老教授的话：不要违背时间规律，不要改变历史。思维沉寂了，永远地沉寂了。陈怀安博士和"时间机器"消失在四维空间里。

现实中，一个在研究所当了多年工程师的陈怀安，为抢救一个落水儿童，献出了自己的生命。他一生默默无闻，没有惊人之举。他孤独的一生结束了，他的墓碑上刻着他生前留下的话："我没有等到奇迹。"

《中国最新科幻故事1》，河北科学技术出版社，1996年1月，方人改编

来　生

于海明

2078年10月的一天下午，生物学博士李林与恋人C乘坐"空间穿梭机"，降落在东北一家森林旅店。机器人热情地招呼他们。

仿鸟飞行器吸引了这对恋人。10分钟后，他们驾着仿鸟飞行器翱翔在蓝天上，后来飞行器降落在四周长满松树的小湖边。李林手拿紫色雏菊，向C求婚，C把雏菊别在发间。这对情人卷进了幸福的漩涡。

　　两天之后，李林的"空间穿梭机"航行在地球与月球之间的轨道上，两人自由自在地游来游去。C的情绪回到8年前。那时她住在月球基地，他们的研究小组正研究把一个人的记忆复制下来，转移给另一个。8年的时间，他们把全部精力用在这项研究上，现在他们已能复制转移低等哺乳动物的记忆。下一步就要复制灵长类动物的记忆。

　　突然，C感到一阵剧痛，失去了知觉。她醒来时觉得口干舌燥，身体已不能动。守在她身旁的黑人姑娘告诉她，她乘坐的穿梭机受到强大射线照射，她的身体已经没有了，只剩下一个头。C听后一阵头晕。

　　这一切太突然了，刚才还在憧憬美好的未来，现在却只剩下一个头。周围的机器正在给她的头提供氧气、养料，她还能活多久呢？C是一个坚强的人，她爱李林，爱事业。李林满面泪痕地冲进了房间，说："C，不管你是否有躯体，我都爱你。"说罢，他热烈地吻着C。

　　第二天，在病房里C同李林举行了简单的婚礼，他们的蜜月是在实验室里度过的。这时，研究小组的实验出了问题：用记忆全盘复制的方法，用在高等哺乳动物身上行不通。只有转移一小部分相对完整的记忆或许会成功。黑人姑娘说，无性生殖实验室已成功的利用人体细胞培养成一个男婴，将供体的记忆复制给幼体或许会成功。

　　C听后眼睛一亮，要求用她的体细胞培养一个女婴，并将她的记忆都复制进去，研究小组同意了。9个月后，小C诞生了。又过了2年，C在屏幕上看到小C活蹦乱跳的身影，C的记忆已转移进小C的头脑。

　　2082年2月3日，C永远地闭上了眼睛。李林把他的妻子埋葬在C的故乡，墓前种上了许多雏菊。2092年，研究小组研制成功记忆磁盘，李林在小C身上越来越清楚地看到妻子的影子。小C的记忆之锁在一个个地打开，她从小就对李林有着很深的依恋之情。

李林没有再婚，小C就是他的一切。他似乎在等待奇迹出现的那天。这些年来，李林除了工作和照顾小C之外，其余时间都是在对妻子的回忆中度过的。他老了，人变得深沉许多。

小C19岁生日的那天，李林把小C和朋友们带到东北那家森林旅店。客厅里热闹非凡，小C走进客厅，马上有一种熟悉的感觉，她晕倒了。李林把她抱了起来，小C醒来时，瞪着大眼，看看李林，充满迷惑。

李林拉着小C的手，冲出森林旅店，他们驾着仿鸟飞行器，翱翔在蓝天上。他们又来到那个湖边，李林摘下几朵雏菊，小C接过雏菊别在发间，对着李林道："是我，我是C，你的妻子，我全想起来了，我醒了！"

仿佛整个宇宙都在注视他们。这对恋人手拉手跳进湖水，溅起一串串浪花。

C同李林乘着飞船离开了太阳系，为人类寻找新的乐园。

《中国最新科幻故事2》，河北科学技术出版社，1996年1月，方人改编

鸟　王

余俊雄

"台湾学生丝绸之路考察团"的同学杨龙仔来到西安，看到"凤凰落户灞桥畔"的消息，惊奇凤凰怎么会来到灞桥呢？负责接待他的西安学生万虎娃决定跟他去看看。他们在桥头看到一座古楼写着"凤凰台"，楼上传出歌声，一对青年男女在吹箫吟唱，在一束亮光中一对长尾巴的鸟儿——凤凰，随着乐曲滑翔到楼台上，扮

作萧史的男演员跨到雄鸟背上，扮作弄玉的女演员跨到雌鸟背上，随着乐曲，向空中飞去。万虎娃正在奇怪中，同学牛牛告诉他，有台湾客人找他。看到站在面前的萧史和弄玉，虎娃很奇怪，待他们卸装后才看清萧史是牛牛的叔叔金凌翔，弄玉是刚从台湾来看他的海珊表姑。表姑和凌翔叔叔从小一起在灞河边长大，这次听说西安旅游公司要搞"吹箫引凤"表演，就和凌翔合作了这台节目。

20年前，凌翔和海珊在小学念书，学校组织野游，他们在污泥中摸到一对排球大的鸟蛋，一直藏在地窖里。长大后海珊学电子技术去了台湾；凌翔学航空，跟爸爸去了云南。临行前他们各带走一只鸟蛋，现在一只在台湾海鸟研究所，一只在昆明热带鸟类研究所。为弄清鸟蛋是否是凤凰蛋，虎娃和龙仔在图书馆查找资料，并决定去凤凰县考察。

在湘西，他们找到溪水的源头，划着停放在山洞口的小船，来到一个大湾，似乎到了另一世界。茅屋里出来的老人自称是桃花源人，他们来自外星系一个地球的对称星。为对抗独裁的统治者，一个叫星星索的人领导人民起义失败后隐居在这里，他们把凤凰奉为神灵，同时它们不幸被带到了桃花源，因受宇宙病毒的影响凤凰染上皮肤癌全部死去。老人领着他们看了许多坟墓样的小土堆，并生气地要他们离开。

他们向老人询问怎样孵化凤凰后，急忙返回台湾、云南，经过努力，凤凰蛋孵化成功。作为国宝台湾的雌凰和昆明的雄凤，被集中到国家珍稀动物研究所，凌翔、海珊、虎娃、龙仔还被特邀参观。小凤凰美丽极了。凌翔和海珊想让真凤凰参加表演，他们决定和凤凰对话，试制成功一种像萧似的"电波发射器"，用电波刺激凤凰，凤凰就合着箫声而舞，实验成功了。

不幸的是，两只凤凰都得了宇宙病毒症，只得送到野兽医院。这时桃花源的老人用无线电信号通知虎娃他们火速赶去，老人说他们的星球已推翻了暴君的统治，也找到了根治宇宙病毒的办法。用类似地球种牛痘的办法即可治好皮肤癌。万虎娃和杨龙仔回去转达了老人的话，医生受到启发，从牛的牛皮癣上取到"痘"，给染了皮肤癌的猴子治疗，确有效果。于是对凤凰施行了种痘手术，凤凰的病好起来。两少年迅即赶到桃花源，劝老人及同伴先在地球上治好皮肤癌再回去。老人感谢他们的好意，但说他们在地球多待一天，地球就多一分危险。

正说着，一艘太空飞船降落，是地球的对称星来接同胞返回，桃花源里一片欢腾。老人说："这些茅屋和田野，原来是地球的，原物奉还。我们带来的、生产的物品留给地球作纪念吧！"

《勇破三脚怪人城》，广西科学技术出版社，1996年11月，赵滏先改编

复活的蒙恬将军

俞 琦

报社要拍一套秦始皇陵兵马俑照片，我把这个任务抢到了。正好，化工学院王教授也要去兵马坑鉴定某种化合物。他还是摄影家，我们一起合作。

头两天工作还顺利，俑坑全景，T10蹲跪武士俑和T12骑士战马俑都拍得很好。轮到拍摄T4将军俑碰上了麻烦。将军身高1.96米，双手托起巨大的宝剑，我们换了许多角度，都选不到合适位置，累得满身大汗，只得停下来。傍晚，我走到俑坑边，突然发现将军俑的那个位置上有一点儿亮光，还有人影晃动。我摸黑走过去，转过那匹"战马"一看，那绿光恰好照亮了我架在那里的一块灰绿色背影板。鬼火！我竭力想压住自己的恐惧，急忙缩到战马腹下，两眼盯住亮光。突然耳边响起了脚步声，又在那块灰绿色的背景板上出

现了一个人影——一个古代将军，甲胄闪光，胡须拂动，他的战袍是橘红色的。他发出了"M……"的低沉声音。我下意识地用手捂住脸，有好一阵，刚想松开手，突然一道电光闪过，紧接一声炸雷，我松开手再看那背景板时，什么都不见了。我拔脚就往外跑，回到帐篷，已经浑身湿透。

我简单擦洗一下躺到床上，脑子里反复着刚才的情景，不知不觉做起梦来。在梦中，我又恍惚地走出帐篷回到俑坑，见到一个老太太正在俑坑边洼地上烧香，她告诉我这儿出了位蒙爷，生前是秦始皇手下的大将，最近经常出来显圣，有人还听到过他讲话。

第二天一早我把昨天在俑坑见到绿光和做梦的事说给王教授听。他一拍我的肩膀说去看看。在将军俑前，王教授用钢卷尺在将军俑和背景板之间量了一下距离，用小刀在俑身上刮了点粉末回到帐篷作研究。以后又在半夜里和我一起去将军俑那里去看绿光，一连几天都不见。一个雨夜，王教授和我终于见到和我第一次遇到的一样的情景。就在将军发出声音的同时，王教授突然挣脱我的手，向将军猛冲过去。奇怪，那将军依然毫无反应地站着。王教授立刻扔给我本子和笔说："快，记录！"他快速地报着数字：温度、湿度、气压、辐照度。

"M……"将军突然又发出了一串不高兴的声音。王教授要我别紧张，一步跨到了将军和背景板之间，立刻在背景板上映出了一个投影，竟把将军也遮去了半边身子。我正要惊叫，一阵凉风刮来，一切全都消失了。

回到帐篷，王教授先问我是否知道记忆合金，我说从来没听到过。王教授告诉我：那是美国海军军械实验室的冶金学家比勒发现的，他发现镍钛合金有记忆自己形状的特性。也就是说，把甲种温度下某种形状的镍钛合金，拿到乙种温度下强制变形，只要一回到甲种温度中，它就会恢复为原来那种温度中的形状。后来人们又相继发现金镉、镍铝、铜锌等合金也都具有记忆效应，现在正广泛地应用于航空、航天、化工等部门。

我不懂王教授的这番话跟见到的俑将军有什么联系。王教授说："因为有了记忆合金后，人们又在研究，在非金属化合物上能否找到记忆效应的试验。这个问题给你解决了，因为你发现了一个不是金属的有记忆能力的陶器。"我被王教授说得更糊涂了。王教授又进一步给我解释："据考证，这儿的6700个陶俑当时都是照真人的模样做的，大约也是立过战功的人。那位著名的蒙恬大将军也来这儿做模特儿，他当时的位置正好在这块背景板的地方。将军当时不适应这种新工作，所以咕咕哝哝老是不耐烦。他的身体反射到俑上的光，以及他的声带发音时振动的频率，都被这种特殊的记忆陶土记下来了。偶尔，有个士兵来请他办什么事，他就离开了，于是反射光源的位置变高。当记忆化合物再现时，由于光的焦点起了变化，在同一地方出现的影像也就模糊了。以后，每逢这种天气，都有这种记忆化合物所释放的振动出现。因为俑已被灰烬淹没了，人们看不着亮光，而只能听见声音。于是就有了'鬼乘凉，神显圣'的传说。"

王教授说："我们分析出记忆陶土是由哪些元素组成后，再记下重复这种记忆所需要的温度、湿度和其他条件，就可以通过一定装置，模拟创造出这样的条件，使陶土里储存的记忆都释放出来，这对研究当时的历史和社会生活，无疑是很有用处的。"

我这才弄懂了，用这种方法来处理古代陶瓷，不就会重现复活了的蒙恬将军和许许多多淹没了的古人古事吗！

《岁月的轨迹》，四川少年儿童出版社，1996年8月，周肖改编

别了，地球

袁亚黎

　　一声巨响，飞船升空。我向飞船外的父母望去，泪水模糊了我的视线，思绪翻滚。

　　那是8个月前。历史研究所陈所长说，我被选中作太空考察。我感到奇怪，我是学历史的，怎么会选中我呢？陈所长说是史蒂文教授推荐的。第二天，我在宾馆见到了史蒂文教授和凯伦博士，两位老人解开了我心中的疑团。

　　我是研究苏美尔这个神秘民族的。他们总是在高山顶上寻求他们的神，而每个神都和一个星星有关。考古发现证实，4万年前，苏美尔人居住的地方，原来有各种原始人。后来不知从哪儿来了苏美尔人，也不知道他们是如何消失的。这引起许多历史学家注意，不少人认为，苏美尔人是天外来客。我看过不少关于苏美尔人的书，被这一民族所迷住，发誓要揭开这个世界之谜。在一次考察中，我得到一张星图，我把星图复制品交给了一位天文学家。史蒂文就是凭这张星图找到我的。

　　史蒂文教授他们也推测苏美尔人可能是天外来客。当时由于飞船出了故障，使他们降落在地球上，失去了与故乡的联系，在地球上生息繁衍近万年。后来直到他们星球上的太空考察船发现了他们，并通过大型救援活动，才使他们返回故乡。如果苏美尔人与外星智慧生物有关，那么寻找这张星图绘制地点的工作就很重要，因此被列入了宇宙考察计划。史蒂文希望我参加这次太空考察。

　　正当我们谈得投机时，宾馆服务员来催史蒂文教授、凯伦博士去参加记者招待会。凯伦博士把一盒火柴般的东西给了我，说这是

"记忆器"，资料都在里面。那天，我回到历史研究所，看了凯伦博士给我的资料，之后，兴冲冲赶回家。把消息告诉了父母。他们很为我高兴，但我发觉他们脸上露出了别离的哀愁。因为他们深知这次考察在飞船上虽只经历7年，但对地球来说，历时是60年。

飞船终于摆脱了地球引力，向太空飞去，向无尽的岁月飞去。我望了一眼那颗蔚蓝色的星球，"别了，地球！"

《中国最新科幻故事2》，河北科学技术出版社，1996年1月，方人改编

"探索I"计划

远 见

太空观测站发现一个球状怪物，还收到SOS信息。"国际宇宙现象研究会"召开了紧急会议。会员们认为，UFO遇到了不可克服的困难，才向地球求救。会员们经过激烈的争论，酝酿出"探索I"计划：由我的好友方敏、X国的本间正则、Z国的约翰逊3人组成探索小组，乘上小飞船去揭开UFO的秘密。

会员们在会议厅观看实况录像，我坐在第一排正中位置。屏幕上出现了飞艇内部情景，3个人紧张地摆弄仪器，搜索空中怪物。本间正则发现了怪物，操纵艇外摄像机正对着怪物摄像。屏幕上出现了球状怪物，它四周有6个菱形窗口，喇叭里传出射电波的声音。

"探索I"计划的第一步骤在实施：向球体内的生命问候。方敏通过电波不断询问，但没有结果。于是实施计划的第二步骤：向菱形窗发射高能激光束，但是窗上没有一点被烧灼的痕迹。会长命令用高能带电粒子束轰击，方敏说这样会毁掉球状怪物。

怎么办呢？这时，奇迹发生了，球体上出现一个圆洞，遥控摄像机飞进了洞内。屏幕上看到一个穿宇宙服的人侧脸伏在操纵台上，

左肘下压着一张1972年美国"先锋"11号飞船上的镀金铝卡片。

最后，要实施探索计划的第三步骤：飞艇与球体对接。3个人凭着他们高超的技术和惊人的胆量，终于对接成功，飞艇和球体合二为一。方敏钻进球体，托起球体内宇航员的头，他露出惊恐的神情。那宇航员竟是1978年10月21日神秘失踪的飞机驾驶员瓦伦第奇，方敏抱起了瓦伦第奇，飞艇上的警报器响了，它发现了UFO。

太空中出现一个白点儿，像高尔夫球，在逼近飞艇。本间正则要拦截它，方敏没有同意。过了几秒钟，我们面前的屏幕上清楚地看到这只飞碟，它发出一束绿光，图像就消失了。

会长命令飞艇返航，飞艇与那个球体分离。UFO向飞艇靠近，它把飞艇和球体分别吸向它底部的两个圆洞。会长要方敏用粒子武器抵抗，但是，飞艇无法抗拒吸力，飞船上的武器失灵了。

约翰逊瘫坐在飞行椅上；本间正则像一只怒狮吼着："会长，往这儿打！"方敏在向地球作最后汇报："飞碟确实存在，宇宙人确实存在，但宇宙人是什么样子？在什么地方？我们一无所知。"他的声音明显地低了下来，飞碟正吸着他们快速离去。

《中国最新科幻故事2》，河北科学技术出版社，1996年1月，方人改编

无形天外人

张 波

像有人敲门，我打开门，却一个人也没有。忽然，屋子里有了灯光，直觉告诉我，这是一种不祥之兆。

"能帮我一把吗？我受伤了。"一个男人的声音。我左顾右盼地问："你是谁？你在哪儿？"

"地球人，你看不到我的。救救我，我伤得很重，敌人在追

我。"那声音在恳求，我不知所措，企图找到他的确切位置。终于，我在沙发上发现一个座坑，他肯定坐在那里。

"您好，欢迎你来地球作客！"我说。

"不，我不是来作客，是为逃避追击。"那声音道。他说，有人在追他，要我问得不要太多。我预感到这个不速之客是个危险人物，我对他产生了戒备。房中响起一阵呻吟声，估计他伤得不轻。我问他为什么要躲到我家，他说因为他透过墙壁看到屋里只有我一人。

又响起一阵敲门声，他有些惊慌，准是他的敌人来了。稍候，那人对我说，门外的人不是他的敌人，还带着电棍。我想起了那是我的朋友孟丁，他是便衣警察。外星人不准我把这里所发生的事告诉他，还要我把电棍搞到手。

我像一个被挟持的人质，硬着头皮开了门，孟丁见了我，说我脸色不好，还问我屋里点了什么灯，这么亮。我盼他快走，离开这个是非之地。孟丁想在我对面的椅子上坐下，突然，椅子向一边跑去，他摔了个四脚朝天。"真是出鬼了，怎么会这样？"他满腹狐疑地看看我，那电棍依然牢握在手里。孟丁的传呼机响了，他一拐一拐地走到门外。

宇宙人埋怨我没搞到电棍，我便转换话题，问他敌人会不会透过墙壁发现他。宇宙人说要想个办法，他问我家里有什么发光的东西，我说日光灯，他说日光灯刺激性太小。我又说电视，并打开电视给他看。

蓦地，电视机壳给打开了，电子元件变换了位置，他肆无忌惮地破坏了我的电视，并说已把电视改造成利器，还要我戴上墨镜，防止荧光屏的光刺伤眼睛。屋里被荧光屏放出的光照得极亮。此时，窗外传来一阵怪声。一道蓝光击中了电视机，电视机"嘭"的一声炸开来，碎片横飞。

我身后传来一阵乱响，只见屋内的东西乱飞乱撞。宇宙人说，敌人来了，就在屋里。屋内被搞得乱七八糟，他们拿我这里当作了角斗场。

"咚"一声，我被击倒在墙角。房中响起一种奇怪的吼声，他们你一言，我一语地争论着。接着，一把茶壶腾空而起，刹那间，室内华光流动，拳脚声、叫喊声、器具的破裂声此起彼伏，乱成一片。双方大动干戈，一片混战。我的后脑勺被谁击了一下，顷刻瘫在地上。

昏迷中我不知过了多长时间，一声长啸把我唤醒，只见一缕白光"嗖"地夺窗而去。屋子里静了下来，我的家成了垃圾堆，我后悔让那外星人进屋而惹出这么多乱子。

"呃——"一声呻吟。"谁？"我问。"别怕，地球人，我没走！"那宇宙人没有走，他的声音又出现了。我问他，究竟为了什么而打得死去活来。他说，他来自宇宙深处的一个星球，他是那个星球上反霸权部族的勇士。因为他夺得了代表权力的水晶王冠，遭到对方部族的追杀。刚才他们赶来夺走了水晶王冠，他要去追回王冠。

他声音刚落，屋内不再明亮。他说，他要补充电能，我忙把电源指给他。屋里响起了"嗡嗡"的交流电声音。一股焦味直冲入我鼻腔，是电表冒烟发出来的。

"地球人，感谢你对我的鼎力相助！"那熟悉的声音异常清亮。屋内光亮异常，他恢复了生命力。"我要走了，给你带来很多麻烦，请接受我的谢意！"

忽然，我手上多了一枚钻石。我正惊愕中，一道华光跃窗而去，消失在碧空中。

《中国最新科幻故事2》，河北科学技术出版社，1996年1月，方人改编

宇宙漂流岛

张国辉

布恩所乘的飞船被陨石撞坏了。他不知道自己正飘向何方。出乎意料的是，他发现这里有颗小行星上有人居住。布恩发了呼救信号。

一艘星际救护飞船靠近，吸住了布恩的飞船。两艘飞船降落在一个生物圈的降落台上。救护飞船上的老驾驶员叫基姆，他给布恩弄来了地球上的饭菜。饭后，基姆询问布恩遇难的经过。布恩害怕地球人，未露真情。

基姆说，他这里是免费急救站，救护落难者，还说自己有个儿子，10多年未见面了，正在军队里服役，说打完星际大战便回来。基姆还拿出儿子的奖章、照片。布恩端详着照片，感到似曾相识，又想不起是谁。

第二天，基姆在帮助布恩修理飞船时，发现飞船上有被激光炮打穿的洞，舱底还有一套巴顿军衣和一件地球军衣。他还发现舱壁很厚，一些部分装有装甲。基姆由此推断，布恩是巴顿军官，是个危险分子。

飞船修好了，布恩感到内疚，因为他欺骗了基姆。一天晚上，布恩从梦中惊醒，透过玻璃窗，看到基姆的背影，他跟了出去。基姆进了一所房子，布恩跟到门口，隔着门缝看到基姆跪在地上，在为儿子祈祷。布恩知道这是地球上的一种宗教仪式，基姆爱他的儿子。

早晨，布恩对基姆说，今天他要离开这里了。基姆未加挽留，他带布恩去取燃料。布恩进了库房，密封门被关上了，基姆从窗口怒视着布恩，要他说出实话。布恩抽泣着，说自己是一名巴顿军官，打了败仗逃了出来，因为巴顿军司令是嗜杀狂，打了败仗要被杀掉。

基姆要布恩说出遇难经过。布恩只得说出了自己的经历：他接到潜入地球军队太空营地探取作战计划的任务，带领3艘小型侦察飞船潜入地球军营。侦察飞船缓慢行进，在接近地球情报总部入口时被地球军队发现，一场激烈的太空战打响了。布恩率领的侦察飞船两艘被击毁，只剩下他孤军奋战，被4艘地球巡逻舰包围。布恩击毁3艘地球巡逻舰，剩下的1艘也失去了战斗力。他登上这艘地球巡逻舰，看见一名驾驶员已奄奄一息。布恩上前想脱去那人的衣服，换在自己的身上，遭到地球人的反抗，布恩便残忍地杀了他。

布恩讲完自己的经历，流下眼泪，现在他已无处可去。基姆听后说这里不安全，要布恩去他老朋友家。当基姆帮助布恩清扫飞船时，从那件地球军衣中滑落出一张军人证件，上面有张照片，照片上的人正是他的儿子。基姆撕心裂肺地叫喊着，布恩把激光枪塞在基姆手里，说："你杀了我吧！"但基姆却没有这样做。

夜又降临了，布恩做着噩梦。天亮时，布恩发现基姆不在房里，便找到基姆做祈祷的那间房间。在屋角的一具储藏器旁躺着血肉模糊的基姆，桌上放着基姆留下的遗言：我那10年未见面的儿子死于残酷的战争，我不能再活下去了。布恩，你不要自责，你要保重。

悲痛之余，布恩觉得自己应该留下，留在岛上。布恩要做一盏灯，让灯光照亮宇宙。

《中国最新科幻故事1》，河北科学技术出版社，1996年1月，方人改编

玫　瑰

张　锐

　　地球上的最后一个人，是我——李修平。家用机器人丽达进来，说一星期后，地球上的能源加起来不够我们的飞船使用了，要我快移居S星球。我要它不要干涉我。丽达却说，根据机器人第二定律，当我有生命危险时，它不能袖手旁观，说要用强制手段送我去S星。

　　公元2378年，地球污染太严重，联大通过决议，人类移居S星，我和小雪不愿移居S星。小雪是我的女友，海默克病毒击倒了她。小雪死在联大通过决议的前夜，手中紧握一本书，书中夹着我送她的玫瑰花。第二天，小雪被安葬在公墓，她是最后一个死在地球上的人。我没能出席葬礼，因为我晕倒了。我决定留下来陪小雪。

　　我哭了，泪水洒在盘子里盛着的一块面包上。在泪水浸泡下，面包里长出一棵小苗。几分钟后，小苗长成一株玫瑰，香气袭人。我要把玫瑰送给小雪。我拖着沉重的身躯来到公墓，将那株玫瑰放在墓前，小雪的一举一动涌上心头。突然我的眼睛被蒙住了，是小雪。她穿着白衣裙，望着我，我惊呆了。小雪十分平静地说："我没有死，我去了一个美丽的地方，你要不要和我一起去？""当然愿意!"我激动地说。

《科幻世界》，1996年第4期，方人改编

红包的故事

张系国

台北西门町歌厅逐渐没落，现在光顾的都是退休老人。歌厅聘了不知名的新秀或过时的歌星，唱些国语或西洋老歌，酬劳有限。如听众满意，会当场赏个红包，因之得名为红包场，红包成为歌星主要收入。一杯清茶，一碟瓜子，200元打发一下午，反倒带来些生机。

于素兰是20年前的歌后，退出歌坛经商，两年前被同伙骗走半生积蓄。为糊口她回到红包场，虽然倒嗓，但还能得个满堂彩，下海不到一年，已成为台柱，顾客显著增加。老板对她十分恭敬，唯一不满的是她拿到红包从不和客人寒暄，唱完立刻就走。客人难免说三道四，有的开始不满，生意也受影响。为此老板不时给她脸色看，为了生活，她只得忍气吞声。一天唱完一首"大江东去"，只听得掌声寥寥。突然有人送上红包，这是下午场的第一次，她甚感凄惨，眼泪几乎夺眶而出。她感到红包分量不轻，随手打开一看惊呆了——2万元！是谁送的？当时因心中哀伤根本没有注意。两个星期过去，重量级红包再没出现。这天又是唱完"大江东去"，拿到分量不轻的红包。她撕开红包，把钞票撒向空中，台下惊呼："是谁摆阔？……"于素兰请送红包者留步，但那人没理会就走了，只看到背影是个身材不高似已中年的驼背。于素兰收到巨额红包的消息，杂志社刊登了特别报道。她深谙见好便收之理，考虑隐退写回忆录。

深夜1时，门铃响了。于素兰从窥视孔看清来访人微驼，说有要事为她而来。于素兰不敢开门，那人说"进来说较好"，话音未落人已在门里边了。于素兰大惊！那人说："我和送红包者是一类人。"于素兰惊奇地叫出声来："难道你们是外星人？"那人说她真聪明，并说他们俩约好在三O(注：O音读man，呼回星球日)，那人找到他那人赢，反之他赢，明天三O到期见高下。他将会来送红包，还要点唱，透过人类的口唱出胜利之歌就算他赢；如果我找到他，也会通过人类之口唱出胜利之歌，我就赢了。于素兰明白来者是要她拿他的红包而唱来人点的歌。那人还送她一个小黑匣——里面钻石光芒四射，并拿出一页乐谱，说其实是同一首歌……改几句音符就行了。如果我赢了，请你到我们星球演唱。说完，来人就穿墙而出。

第二天下午，歌厅七成满，掌声红包几乎没中断。突然场内安静下来，一位驼客送上红包并倒出钞票。于素兰感到他与昨晚的驼子出奇地相像。她充满激情去为他唱那首歌，唱出另一世界的欢乐，唱出另一世界过去年轻的岁月……她明白了。驼客和昨晚来访的驼子，其实是同一个人。在她的歌声中，他们重拾青春的记忆，他一个驼子；她一个年华老去的歌者——是最后的外星人。演出结束后于素兰和驼客失踪了。有人说皆隐山林，也有人说她到南洋跑码头，嫁给当地的侨领。

《侏罗纪公园》，广西科学技术出版社，1996年1月，赵滌先改编

船

张系国

转战数百星球7000海域的英雄舰艇，历经40年战斗历程，终于返回到当年出征的母城港口。绕过灰白色的防波堤，船缓缓驶入港口，远处蚁聚的人群，从防波厦一直排到白色巨堤的广场。广场上乐队演奏着进行曲，乐声随风传来，断续可闻。

驾驶舱里，大副向船长报告："船长，我们到了，全城人都来欢迎我们了。"

"没有人，你听错了。"双目失明的船长态度出奇的坚决。

大副惊奇地望着船长，难道老船长连精神也崩溃了？40年的航行，足以使得任何人疯狂，40年前的出征伙伴，如今只剩下了他们两人，在五度空间的世界里，大副凭借电脑内残缺不全的海图，居然搜寻到了这个港口。大副提出登岸的请求，并当机立断代替船长下令武装登陆。他要让母城欢迎的人都看见出征舰队凯旋的雄姿。他和陆战队员登上快艇，同时下令各炮塔保持战备。舰桥上老船长并没有采取任何行动。

大副命令船长对准白色巨厦的方向驶去，小艇越近岸边，军乐声越响，广场上欢呼声更加热烈。大副的心怦然跳动。一靠岸，大副第一个跳上去。其余的陆战队员迅速跟随他快步进入广场。

可是，他们立刻都怔住了，军乐声仍旧响得刺耳，广场上却空无一人。大副迅速拔出手枪，环顾四周，岸上人影不见，却仍然听到阵阵欢呼声。他率领队伍走进广场中央，突然，他们被人群包围了。他们挥着手，没有向陆战队员而是向船停泊的方向挥手。大副对一位手持鲜花的姑娘讲话，她视若无睹。大副拍拍她的肩膀，一只手臂却插入她的胸腔，姑娘眼睛只注视着前方，继续挥动手上的鲜花。

大副突然明白，这些欢迎的人都是机器投射出来的幻影，船长没说错，没有人。

大副悲鸣一声，眼泪夺眶而出，40年前，全城人倾巢而出欢送舰队，40年来，自动投影机反复播放这欢送的一幕。其实母城的人早已不存在了，他们的船来迟了。晚到了足足40年。

《岁月的轨迹》，四川少年儿童出版社，1996年8月，周肖改编

夜 曲

张系国

宴会结束，女主人特意请刚从国外回来的吴博士送她的同学佩华回家。女主人受佩华母亲委托，多次为佩华找对象，但每次都被佩华借故推掉，这次又是同样。吴博士拦住"的士"，佩华刚坐上去，就托词要到公司去转一下，取东西，没等吴博士上车，就打个招呼让司机开车走了。

司机驾车行进时，录音带播放出《海顿D大调交响曲》，引起佩华共鸣。她也觉奇怪，一个驾驶员居然欣赏起古典音乐，十分难得。车子经过闹市区，从光亮处，佩华又看到一张小条子上写着"买卖光阴"的广告。她正要问，前面十字路门出现红灯，司机一加速，把其他车抛在后面，猛地直冲过去。佩华责怪他闯红灯，司机说他没有挡住其他车，他是借用光阴。在他创造的天长地久计上面，以500∶1的比例，将1秒钟的客观时间，换成了500秒的主观时间，所以有充足的时间穿过十字路口。

佩华到达家门口，司机从口袋里掏出一个和车上同样的仪器，并自我介绍姓施，是天底下唯一的天长地久计推销员。佩华推说自

已没有用，又没钱来买。司机声明，这个仪器不卖钱，只借给有缘的人。他提出条件，免费使用一年，归还时计数表上剩下的时间，就转给司机使用，抵充租金。司机临走前交给佩华一张卡片，要她在一年后的今天，按卡片上留的地址：和平东路一段青田街去交还给他。

第二天清早，佩华好奇地将时间比例尺定在1∶100，计时器定在2秒。果然时间起作用了，先是妈妈因她不肯与吴博士交友发脾气，接着就是吴博士来电话约会。她立刻拒绝，连改日子的机会都不给。整个上午她都闷闷不乐。吃午饭时，妈妈同她讲，要她一起去烫发，她推说头痛拒绝了；吴博士打电话约她去看电影，她不去。母亲不在，她将时间比例定在10秒，按下按钮，立刻便是五点半钟了。母亲回来了，她们和好如初。

佩华逐渐发现，世界上除了她和母亲相依为命外，还多了个天长地久计。她已经少不了这台仪器，坐公共汽车时，上班时，休息时，都用来调节，使她减少了许多苦恼。但是她只觉得时间有剩余。有一次她情绪特别恶劣，一口气跳过7个小时！当她跳出客观时间的时候，发觉母亲满脸泪痕坐在她身旁，母亲没说什么，只是再度积极托人为她说媒。最后一个月，她几乎都是用天长地久计跳过去的。

一年后的规定交还日子到了，佩华到达青田街，司机迟到了2个小时。佩华将仪器交给司机，司机发现储存了有1个月左右的时间，显得很高兴。他揿下按钮，不等佩华同意，用1秒钟的时间请她喝咖啡。在1秒钟之内，他们来到咖啡厅，把顾客停止下来。司机告诉佩华：我发誓要走遍世界每一处角落，读完世界上的每一本书，需要1万年时间。我的计划已经进行了十几年，一共找到了10万名顾客，我借给他们一年天长地久计，他们通常都会为我存下1个多月的时间。我不找老人，也不找商人，他们吝啬时间，1秒钟

都不肯捐给我。我到过非洲，找到10万名饿汉，时间是借到了，但这对我毫无用处……

佩华听不大懂，问了句："为什么？"

司机说："因为我能做到的，只是把别人的主观时间换成我的主观时间，那些饿汉想到的只是食物，我无法用它来替代去图书馆读书。所以，我只能利用像你这样的人……"

"你想走遍世界和读完所有的书，目的在哪里呢？"

司机回答很简单，寻找人生之谜。他说佩华交还的是他借出的最后一台天长地久计，以后就将开始用1万年时间进行下一步行动，他说这也是他的秘密，只有佩华一人知道。佩华要求跟他一起去寻找"人生之谜"。司机同意5天后的晚上，在老地方会面。

第五天晚上，佩华按约到了青田街口，司机没有出现。第二晚，第三晚，都落空了。佩华不灰心，继续等待着……

《岁月的轨迹》，四川少年儿童出版社，1996年8月，周肖改编

东 游 记

张祖荣

中国石油开采技术考察团在团长司马义率领下到墨西哥考察。他们考察了一座石油钻井平台后，回到下榻的宾馆。刚到宾馆不久，接到某国跨国公司总代表台·哥伦布的电话，说他们的潜水员在海底发现一座金字塔，金字塔的正面有一块石碑。现在已把石碑打捞了上来，发现石碑上有很多方块字，很像是古汉字。他们没有一人认得，所以请司马义去帮助鉴别。

司马义学识渊博，兴趣和爱好非常广泛。他和同事们一到墨西哥，就有一种宾至如归的感觉。在当地博物馆里，他看到与我国南

京明陵的大面像极为相似的碑刻，甚至听说在墨西哥确实发现过汉字碑。前些年，不是在中美洲发掘出一只中国古代船舶使用的石锚吗？甚至在南美洲发现了不少破损的中国古代瓷器。所有这一切，不能不让人产生这么一个联想：在哥伦布之前，中华民族与美洲可能有过文化交流。司马义浮想联翩。

第二天一早，司马义一人驱车来到石油城的码头上。台·哥伦布把他引入一间密室，石碑放在密室中央，上面盖着一块黑布。司马义揭下黑布，娟秀的魏碑体的碑文映入他的眼帘。"果真是汉字！"司马义失声叫了起来。哥伦布让他快念，司马义开始逐字逐句读了起来：

"……威武战神墨西哥特里之妻谢氏英姑为义父、大晋圣明安帝司马德宗太子司马远殿下、荆州西门氏高僧慧深衣冠金字塔题记于左……"

台·哥伦布催司马义赶紧翻译出来。对照碑文，司马义默算出一个明确的年代，他说："公元485年，有一批中国人抵达了中美洲大陆。在这之后1007年，你的祖先哥伦布才到这里。"

台·哥伦布惊呆了，他在密室中走来走去。司马义贪婪地默读碑文。读完之后，他认为应该为这份重要的碑义留下份影印件。他举起照相机，正要按快门，密室内灯灭了。哥伦布压低了声音说："走吧，这里什么也没有，你从来也没有看到过这块石碑！"说完，他把司马义推出密室。

司马义一下子明白了对方的意图。这会儿，他只有借势退出，马上离开这里，向友好的墨西哥政府寻求法律保护，然后让这属于全人类的共同财富公之于世。

"朋友，发现新大陆的只能是我的祖先克利斯托弗·哥伦布，不能是别人！10分钟后，这石碑就不存在了！"台·哥伦布把一叠美元塞进司马义的口袋。司马义拒绝了，"金钱不能封住我的嘴，

我已记住了碑文。"

台·哥伦布狡黠地说："但你没有证据，谁能证明你所说的是真的呢？"后来，司马义想尽了一切办法，都没能找到那块石碑。

《科幻故事200篇》，上海科技教育出版社，1996年9月，庄秀福改编

春辉植物园

章　文

暑假第一天，小鲁和爸爸到春辉植物园去参观。植物园的春辉博士是小鲁爸爸的同学，他将不同植物的优良品质集中到一种植物上。小鲁听爸爸说，春辉博士还通过电脑程序，创造出了更神奇的植物。

小鲁他们来到春辉博士的办公室，只见书架上拴着一个透明的大气球，气球高高地飘在空中，里面还开着一朵大红花。春辉博士说，这花叫升腾红，它能使气球高高飘起来。

一会儿，春辉博士把小鲁带到了植物园。小鲁看见高处有一个用4根粗钢丝系住的"绿色云团"。原来，春辉博士正在培养一种适宜在海洋上空种植的植物。它可吸收空气中的水分和营养物质，并释放出氢气，贮存在叶顶囊中，使自己悬浮在空中。

小鲁随春辉博士来到试验场，大大的西红柿悬在高空中，没有根、茎，只有几片大叶托着。春辉博士说，就靠这几片叶子进行光合作用，供果实生长。小鲁选一个吃了起来，味道酸甜适口。他们又来到葡萄架前，葡萄不长叶，但却长得像核桃那样大，原来，这种叫"黑珠"的葡萄本身就能进行光合作用，供自己生长。"黑珠"如同大宝珠，皮薄、肉嫩、无核。

小鲁又看到一种"土豆西瓜"植物。它长着大大的叶子，下

面结着西瓜样的土豆，上面结着土豆大小的小西瓜，皮只有薄薄一层。由于它既要结土豆，又要结西瓜，所以，必须长有大大的叶子，吸收空气中的营养和阳光。

春辉博士又领小鲁来到电子植物区。他们先参观S试验室——速生试验室。只见窗外有一棵大树叫原生树，室内伸出的电缆连接在原生树树根的不同位置。春辉博士在电脑键盘前按下几个数码，便可以向原生树输送营养，眼见原生树树根长出了新苗。小苗快速生长，长出了叶子，开了花，结了果，是一只雪花梨。博士打开窗子，摘下雪花梨，让小鲁品尝。

博士带小鲁来到R试验室——任意试验室。博士要小鲁自己试验，小鲁想要原生树结出一串"黑珠"葡萄。于是，他按下按键，小小的葡萄芽开始从原生树树根里生长。葡萄苗长得很快，转眼长成1米高，很快开花、结果。不一会儿，葡萄长到桃子般大，并由绿变紫。春辉博士摘下葡萄递给了小鲁。

小鲁吃着葡萄来到第三试验室——MB试验室，又叫魔变试验室，可制造出四不像植物。这回，小鲁想吃西瓜—甜瓜。博士给电脑输入了西瓜—甜瓜程序。只见原生树长出了小芽，一会儿长到半米高，转眼结了个小瓜，形似甜瓜，皮色、花纹似西瓜。机械手摘下小瓜递给小鲁，吃得小鲁眉开眼笑。

第四试验室MH实验室又叫魔幻试验室。只要将手放到电脑感受盘上，原生树就可长出想要长的植物。小鲁闭上眼睛想要一朵大红花。奇迹出现了，原生树长出了植物茎，茎尖顶着一个花蕾。花蕾开了，开出一朵七色花。

参观结束了，小鲁手拿着七色花。春辉博士又送给小鲁一个气球，气球里开着一朵大红花。博士还邀请小鲁长大后来这里工作。

《中国最新科幻故事4》，河北科学技术出版社，1996年1月，方人改编

升 成

赵 钗

失踪了两个月的彬来向我辞行。彬说遇上了外星人，要和他结婚。我大惊，原来这两个月彬一直和外星人在一起。

外星人待在研究基地，研究地球地质发展情况。外星人用高科技压缩时间，花144小时拍摄地球44亿年的发展过程。在这6天拍摄过程中，彬和外星人都生活在水深火热之中，每一瞬间，海洋在变桑田，每一秒钟都惊心动魄。彬的身体变成了百岁老人，额上留下深深的皱纹，但她不后悔，没有一个地球人能有幸饱览地球40亿年的变迁。外星人的研究任务快要完成了，唯一的心愿是要再记录一次新大洋的升成。我是搞地质的，新大洋的升成是有诱惑力的，不能放弃这样的机会。

彬把她的外星人朋友琼介绍给我认识。琼要我帮助他拍摄新大洋的升成，将来外星人到地球来时，将他以前的记录结果和将来新大洋升成的记录转交他们带回去，结束对地球的研究。

一切就绪，彬把一封信交给我，嘱我"以后再看"。看来彬要和他一起离开地球。一瞬间，我们来到东非大裂谷上空。那里，山在崩塌，地在陷裂，新的大洋在升成。如此激烈，如此迅速，如此不可思议!外星人把拍摄的器具交给了我。我按他先前的说明拍摄了人类未见过的奇观：巨浪翻滚，海水汹涌，新大洋在升成!

外星人和彬一起回身看着我，他们笑着纵身跳下那沸水般动荡的新大洋。

今日，我已老去。彬留下的那封信告诉我，他虽是外星人，同样需要以生命为代价来完成他们的研究。他们最后的生命不足以拍完"升成"，才委托我继续拍摄。他们死于2万年后的未来，是不是不可思议？

《科幻世界》，1996年第2期，方人改编

埃尔的憾事

白　墨

克雷利斯人埃尔和吉缅受太空督察站站长勃莱特博士指派，驾驶"光幻"号飞碟去蓝星考察。蓝星的科技水平远远不及克雷利斯星球，但它存在旺盛的智能生命和奋发进取的精神。埃尔对这个星球产生了好感。

为了保证考察安全，勃莱特博士有严格规定，在与蓝星人遭遇时，必须使用W波射击器把对方置于昏迷状态。虽然W波不会对生命体造成危害，但至少给蓝星人造成了极大的心理恐慌，为此，蓝星常常调集大批军警来对付他们。这次"光幻"号行动，埃尔他们还是采用老办法，也同样引起了蓝星球的骚动。

返程途中，埃尔总觉得自己的行动不大对，为什么要躲躲闪闪不和他们坦率交往？让两个具有高级生命的星球成为至亲该有多好。吉缅认为埃尔的意愿不错，只是条件不成熟，埃尔要求吉缅返回蓝星，进行一次特殊的试验。吉缅担心勃莱特博士要是知道他们违反规定，以后就再不能进行宇航考察了。在埃尔一再恳求下，吉缅不得不同意了。

"光幻"号飞临蓝星Y地区上空，在灌木丛中央的一块绿地上降落。埃尔透过舷窗望到百米外有一个蓝星人，急忙跳出驾驶舱，摇着双手笑着迎上去。吉缅也跳出飞碟紧跟在后。快靠近时，蓝星人突然不见了，接着从灌木丛中跑过来一队穿着W波防护服的武装

警察。吉缅急忙发射W波射击枪，可是蓝星武警有保护装置，射击枪不起作用。吉缅又掏出太空枪，埃尔过去拉住他，不让他开枪。两人倒在草地上，扭成一团。

忽然，两人听到一阵像唱歌的声音，赶紧从地上爬起来一看，武装警察没有了，面前是一位妙龄少女，手里捧着一束鲜花。埃尔高兴极了，蓝星人终于理解了，派来了欢迎使者。埃尔庆幸自己的意愿实现，代表着两个不同星球的智能生命终于靠拢，一个具有划时代意义的时刻即将到来了。正当埃尔伸手要接过少女鲜花的瞬间，他感到背部挨了重重一击，还没弄清是怎么回事，便失去知觉昏了过去。

埃尔苏醒过来后，蓝星不见了，丛林、少女都消失了，他发现自己正躺在快速行进的"光幻"号驾驶舱里，旁边坐着古板的勃莱特博士，吉缅靠在埃尔身边垂头丧气。他知道勃莱特一直在监视着他们，以后的宇航再也轮不到他们了。埃尔想的却是少女的鲜花和美好的歌声。

《恐龙人王国》，新蕾出版社，1997年第7月，赵喆改编

天　路

白　墨

我对着老师布置的作文题目发愣，不知该怎么写。作文题目是"我的志向"。老师说："你们从小要立大志。"可我立不起来。

夜幕降临，爸爸还没回来。他是个太空清道夫。当今太空时代，各星球在开发利用太空的联系交往中，抛留下飞行器残骸和金属碎块等，这些垃圾严重威胁空中飞行。如一粒直径2.5毫米的金属尘屑，能穿透宇航员的太空服，一块1平方厘米的金属碎片，会使

正常飞行的航天器遭殃。爸爸的任务是清除太空航道垃圾。这是项危险的工作，妈妈很为他担心，可我认为爸爸的技术是一流的，不会出意外。

爸爸回来晚，是队长希尔伯尼通知他被调回地球去搞新型的清道机研制工作。爸爸的故乡是地球中国，他在十多年前当上太空清道夫，定居太空城，有了我。我现在在太空城上学，如今能回地球看看祖国，全家都高兴。

后天就走，作文也不用交了，全家正忙着整理衣物。这时，清道队队长来了，他说紫微星系的元首首次来太阳系访问，为确保安全，让爸爸再和他一起开清道机，保证紫微星元首船队安全通过。爸爸欣然同意，我也要求去，队长同意我到清道队的监察室屏幕上去看看。

在屏幕上，我看到队长和爸爸在航道上巡视。忽然，他们发现一颗通信卫星，是一堆潜在垃圾，随时会爆炸，影响安全，爸爸决定把它挪走，那可危险啦！监察室发出"停止前进"的信号，队长也阻拦爸爸去冒险。可是爸爸不顾一切，沉着地把那危险的家伙挪开了。但他还未到安全地带，那家伙就爆炸了。爸爸的清道机被打穿了一个窟窿，爸爸的头部受伤，晕过去了。

救护飞艇立即起飞，爸爸凭着惊人的毅力，支撑着身子操纵清道机往回返。

这时紫微星元首的船队安全通过。队长和爸爸的脸上都露出了欣慰的微笑。

由于治疗及时，爸爸脱离了危险，但我们回地球的日程推迟了。我仍然去太空城学校上学，但那篇作文写成了。我的志向是当一名太空清道夫。

《外星人的"克感灵"》，新蕾出版社，1997年7月，赵滟先改编

邻 居

白 墨

我花了20多年的积蓄，买了一套房。它是一种新研制的建筑材料建成的，轻巧美观，质地坚固，而且冬暖夏凉。

这所仅二层的实验小楼，每层两套房间。每套有正房和小客厅，还有厨房和卫生间。每套房的模式大小都一样。当时其余三套还空着。

半月后，我隔壁那套房间来了一对邻居。这对夫妇50来岁，五短身材，穿着极不相称的长风衣，挺滑稽的。晚上隔壁不断传出金属撞击声、电钻声，吵得受不了。我擂了三下金属墙，响声立刻停止了。一会儿，邻居敲门来访。男的叫佩蒂，妻子佩蒂丝，我自我介绍叫彭通。他们问我找他们有什么事，我请他们别再发出声响，影响我睡觉。"睡觉？"他们一脸困惑！我想你们是外星人还是装糊涂？睡觉都不懂。我要他们抓紧时间装修。

以后，确有改进，可装修还未完成，我好奇，找了个借打火机点烟的借口去看看。他们屋里像工厂，都是钢管、铁片等零件，墙上安了不少仪表，正在安装一台小发动机样的东西，更奇怪的是他们连打火机也不会用。佩蒂丝友好地给我端来一杯叫"萝莲芝茜液"的饮料。

回屋后，这一夜做了许多事，近天亮，还没倦意，一定是喝了"萝莲芝茜液"的缘故。他们常喝这饮料，就永远不疲劳了吗？

几天后，下班回家，路上行人都看着天空喊着："飞碟，飞碟！"一会儿，飞碟消失了。回到小楼时，楼前围了许多人，我惊呆了。我隔壁邻居的那套房间整个儿没有了。我房里右面的墙，作为那飞了的房间的一部分也没有了。

忽然，在我房内余下的三面墙内传出佩蒂的录音："请原谅，我们走了。我们是属于LG41星系DD78的星球人，我们驾着超光速飞船周游宇宙星际，遭到流星雨袭击，船体严重损坏。幸而动力机及重要部件和仪表尚完好，勉强驶入你们地球，准备再找些合适材料，另造一艘飞船返回故乡。终于看到新型合成建筑材料建造的住宅。这房间只要安上无极动力和必要的仪器设备，就是一艘简易超光速飞船。我们就买了这套房。以前没说明是怕不成功，不能重返故里。"

原来他们果真是外星人，路上见到的飞碟正是他们的。我为他们高兴，因为他们终于能回到自己的星球了。

《外星人的"克感灵"》，新蕾出版社，1997年7月，赵滁先改编

难忘的职责

白 墨

21世纪30年代的机器仆人，成了市场的热门商品。无论什么型号，价格猛涨。百万大款，一人有好几个机器仆人。

点点家不富裕，爸爸肖先生是小职员，妈妈是小会计。全家三口买一个机器仆人也得分期付款。不买又显得寒酸，于是他们准备到跳蚤市场选个价廉物美的。

点点看中了有五个鼻孔，六边形的脸，代号GB—7，原来负责环境保护监测的机器人。货主介绍它干什么都行，只要给它输入相应的程序，原有的环保监测程序没法清除，但它能随时告诉你们环境卫生情况，留着也不多余。

全家带着它回家，小狗汪汪叫着追出来。GB—7就说："噪声，罚款50元。"还拿出罚款单，建议安上消音器。肖先生说："你不

是环保监测员了，得听主人指令。"全家商量后，叫它干擦地板、洗衣，做饭、做作业、给小狗洗澡等，共408项活，编了程序输入指令接收器内，GB-7说："这程序与环保监测无关，会造成功能紊乱。"它表示对环保的程序难以忘怀。

GB-7是机器人。它努力干家务，努力忘掉痴迷的环保监测工作。但本性难改，经常旧病复发，终于出了事。

这天，GB-7去买菜，没有回来。后来GB-7被两名警察押了回来，说它在十字路口阻截车辆，扰乱交通。GB-7争辩说是因发现一辆废旧卡车，废气释放量超过环保标准，才阻止卡车通行。点点和肖先生都为GB-7求情，说明它是我家机器仆人，过去是环保监测员，难忘过去工作职责，它管得对。

可警察说："它已经退役，现在是机器仆人，不再履行公职。管得对也不行。触犯管理惩罚条例第69条96款，应进机器人教养所教养3个月。"没有商量余地，肖先生在拘捕证上签了字。 GB-7表示抱歉说："没当好机器仆人。"

它被押走，后来，据说在教养所逃跑了，没回来过。点点相信它依然在尽难忘的职责。

《外星人的"克感灵"》，新蕾出版社，1997年7月，赵滤先改编

吃书的人

白　墨

公元3025年，一批地球人乘宇宙飞船到S星球上生活。他们的后代由于依赖电脑和机器工作，不认真学习科学文化知识，因此不断退化。盖茨星上的智能人，驾驶飞碟到S星球进行科学考察，发现S星上的人智商很低，决定帮助他们，使他们聪明起来。盖茨人向这里的人们推销一种食品，以便达到这一目的。

马布里是个十六七岁，在面包店工作的青年。一位盖茨人向他推销知识，拿出小册子并介绍："你知道吗？现在有工人在啃哲学专著，农民在用显微镜，老奶奶拉计算尺，这都是接受了我们帮助的结果。"

马布里受了诱惑，接受了推销员的服务。课程开始了，先送来一台电脑，接着又送来三个口袋。第一袋装的是书，他看了几页不知所云；第二袋装的是磁带，在屏幕上显示：请吃下三明治；第三袋里装的是两片面包和一片肉饼制成的三明治，标签上印着：吃下我！

马布里按要求吃下三明治。一个钟头后，他读完了过去从未敢读的《释梦》，还正确回答了机器提出的问题，一目十行地读完《知识问题》，他觉得真简单。一两课后，他已通读了350本著作，只要吃下三明治，就会掌握原先不懂的知识。他还开始科学研究，证明出哥德尔定理，还试制了一台语言翻译机，都是早先不明白的事。他还撰写论文和专著。三明治的神效，使马布里产生研究三明治的念头。三明治中的肉饼是什么肉？是智能加速剂？不吃行不行？结果试验失败，停食三明治，新课就读不明白。但马布里渴望知道并研究盖茨星人的一切，最终研究有了结果：盖茨星人是从名人血液中提取智能遗传密码进行克隆技术的产物。三明治中的东西就是名人遗传因子制成的智能加速剂。盖茨星人从马布里身上抽取600毫升的血液后说："一次血液可以做3000块三明治，每一块都可以成为对另一个人的教学计划中的一部分。这样将会改变整个人类，人类将大大前进。你将成为伟大的人物！"马布里成了S星球上的著名科学家。

《外星人的"克感灵"》，新蕾出版社，1997年7月，赵滁先改编

狗　蚊

白　墨

　　放假了，舅舅邀我去他家住几天，我很高兴。舅舅是生物遗传工程专家，他培育的西红柿会发光，像小红灯笼。舅舅家在郊外，两个多小时就到了。

　　一进门，一只蜻蜓样的大飞虫向我扑来，朝我脑门攻击，我急着喊："舅舅……"舅舅赶来呵斥："文文，快闪开！"大飞虫乖乖地飞走，停在大书柜上。舅妈也赶来埋怨舅舅没把狗蚊看好，吓着了我。舅妈还数落舅舅把一条狗的遗传基因，移植到蚊子的卵里，孵化出这个狗蚊，来了生人缠住不让进屋。舅舅却把它当宝贝，它叫"文文"。舅舅说："公安部队培养良种警犬剩下的遗传基因，我把它植入一个蚊子卵里，没想到成功了。"我仔细观察文文，细身瘦腰，一对翅膀，六条长腿，比普通蚊子大了很多，长了一颗狗样脑袋，很吓人。舅舅说它听主人话，不轻易咬人，吸菜叶和西瓜皮之类的汁水。

　　晚上，我们在院子里乘凉，狗蚊飞到石榴树杈上，像为我们警戒。我给它吃瓜皮，它竟不吃。舅舅说："良种警犬除主人外，不

吃别人喂的东西。文文具有良种警犬的遗传基因"。舅舅拿着西瓜皮吮喝，文文就吸吮起来了。天黑了，文文不时飞来飞去。这时有只恶蚊向我袭来，叮在我面颊上，没等我拍，一道黑影从我面颊划过，把恶蚊掳走了。在地上还看到许多被文文咬死的蚊子。

文文跟我很熟了，它确实具备良种警犬的优点：机警、灵敏、凶猛、勇敢、忠于职守。但它太小了，与比它强大的飞禽走兽较量，是自不量力。不幸的事发生了。

为完成老师布置的蝴蝶标本作业，我到山坡上抓蝴蝶，文文帮着我一起捉，一会儿就捉了16只漂亮的蝴蝶。我心满意足地打算回家。可文文不见了，我喊了一阵，文文还是没有回来。我忽然听到老鸦乱叫，寻声跑去，在白杨树上，文文在攻击一只比它大数百倍的老鸦。只见它变换着方向，猛烈攻击老鸦腹部，乌黑的毛绒被扯咬下来。我意识到危险，呼它回来。它不理我，双方恶战。我眼睁睁看着老鸦把文文一口吞了下去。我含着泪告诉舅舅、舅妈，舅妈喊"作孽"。舅舅沉思着。

回家后，我作的蝴蝶标本，在班里名列第一。每当欣赏时，就立刻会想起，曾经有过一只不寻常的狗蚊。

《外星人的"克感灵"》，新蕾出版社，1997年7月，赵滌先改编

外星人的"克感灵"

白 墨

奥秘通讯社特别报道：近日有架外星人飞行器，屡在S市降落，已有数人被掳，但不久放还，且未受伤害，他们对飞行器里的情况记忆不清。据分析，这架飞行器是对地球人进行人体生理考察的……

林涛脑袋沉沉，鼻塞，喉疼，是患了重感冒。吃了药未见效，要妈妈向学校请假。忽然，他看到强烈的白光，在楼前树林上空并降落，"飞碟"！他激动得忘了感冒，跑去看飞碟。

他看到的飞碟像巨大的金属甲虫，小舱口伸出触角般的东西。林涛觉得浑身酥麻，醉酒似地跌倒了。眼皮睁不开，感到有东西在他全身触摸。眼睛睁开一条缝，发觉自己躺在金属小屋里，几个"侏儒"在忙碌，说话古怪。他们穿着隔离服，看不清面容和体形，眼睛不会动，令人害怕。林涛心想可能是外星人。这时一股液体滴入他嘴里，他睡着了。

醒来后，飞碟没了，林涛躺在旷野里，浑身轻松，重感冒症状消失了。他想一定是外星人的"克感灵"液体治好了感冒。他找不到回家的路，忽然听到火车鸣笛声，找到铁路，才知离S市在500多千米之外，幸亏铁路上的老伯伯给钱才坐上火车。

在火车上，林涛闻到座位对面一个人的薄荷味儿，通过味儿还能知道对方在想什么。林涛想这一定是特异功能，是服了外星人的"克感灵"产生的。这时他看到两个神气十足的年轻人，拎着密码箱，一股怪酸味，他知道这是一对盗贼。忙喊对面那人，告诉他们盗贼要逃跑，并说我闻出你是刑警。对面那人感到凭嗅觉判断谁会相信，但还是同意协助他。那两个人的确是盗了密码箱准备逃跑，被刑警叔叔和林涛抓住，押下了车。

林涛和刑警叔叔成了好朋友。叔叔是刑警队长，因S市银行发生杀人盗窃案，准备去S市执行任务。林涛告诉他自己是用鼻子闻到味儿并知道他在想什么，要求参加破案，队长没同意。队长送林涛回去的路上，林涛讲了案情的发展情况，不禁使他大吃一惊。林涛下车后立即打电话给妈妈，说有事晚回去。在银行门口，警官们看到林涛。林涛告诉他们已闻到罪犯主谋的味儿，并知道今晚他还要去医院杀人灭口。警官们这才同意林涛参加。夜晚，在雨中，林涛和警官们抓住了罪犯，主谋就是银行行长，可林涛却昏倒被送进病房。

林涛醒来已是第二天，妈妈告诉他："刑警说你有特异功能，和他们一起埋伏抓坏蛋，是发烧昏倒的。"队长说："你立大功了，罪犯都已落网。"林涛却什么都不知道。大家感到奇怪。医生说："答案也许要从那篇特别报道中去找。"

《外星人的"克感灵"》，新蕾出版社，
1997年7月，赵滌先改编

我怎么是个人

冰 皓

我到一家餐厅想谋一份差事，不料又一次被礼貌地送出门，又一次未能如愿。所有工作给了自动机器人，人却很难找到工作。

科学发展到26世纪，人早已不必为吃穿操心，一切服务都是无偿的。但每一个有自尊的人，都为这种生活而烦恼。没有工作，你的生命价值只是一个"白痴"。我发誓，找不到工作，就不找女朋友。

我来到一家更衣店，有一种机器模拟服，穿了这种衣服，使人无法分辨是机器还是人。脑子里一个瞬念使我激动。我迅速抓了一件机器模拟服，就钻出更衣店。现在我银光闪闪，行动铿锵有声，俨然机器一台。

"小姐，我是全能式家用机器人，来这里接受试用。"我用僵硬的声调，向这家餐厅要求工作。一台机器小姐带我到餐厅洗刷室，我如愿以偿地刷起盘子。那机器小姐对我微笑一下走了。

　　我拼命刷洗，以机器的工作频率干活。盘子刷完，我下班了。这时，才感到腰酸背痛，我完成了机器的劳动量，心情很舒畅。那机器小姐也刚下班。她主动向我搭话，我们边走边谈。我第一次与一台机器散步。从她的说话中，感觉到她竟能理解人类没工作的无奈，令我暗暗吃惊，造出的机器竟先进到这般地步！

　　"我们去喝茶，好吗？"她说。

　　"好的。我有些渴了。"我一说出口，立即吓了一跳，连忙说："机器怎么能喝茶？"

　　"哈哈，你的演技并不高明。"原来，她也是一个人，她有着和我一样的苦恼与追求。于是，我有了工作，有了女友，以后又有了幸福的家庭。

《科幻世界》，1997年第4期，施鹤群改编

扒手落网

冰　子

　　无线电通讯比赛一结束，我急忙往家跑。今天是乡下爷爷来我家的日子呀！

　　我一进屋，就嚷道："爷爷，爷爷。"屋里一片沉默，妈妈还摆手不许我出声。

　　妈妈轻声说："爷爷刚下火车，就在公共汽车里被扒窃了。他带的500元全丢啦，有300元是乡亲们托他捎东西的钱。"

　　夜深了，我还想着爷爷沮丧地垂着脑袋的模样，我心痛。对，明天我要做一个会叫的钱包。然后……我越想越美，就甜滋滋地睡着了。

　　公共汽车里挤满了乘客。

我和爷爷一上车，就有一个留长发的家伙挤了过来……

车子才开动，突然，爷爷的上衣口袋里响起了刺耳的警铃声。

我大声吆喝："有扒手伸进我爷爷口袋想掏钱包。"

一刹那间，车厢里的气氛变得非常紧张。

"噢，别急，谁伸手是赖不掉的，他的手指已被染料染黄了。"我非常得意地说。

"哈，这老头儿准放了只闹钟在口袋里！"紧挨着爷爷的留长发的男青年说了句俏皮话，引起大家一阵哄笑。

"哼，你别高兴得太早，你就是掏钱包的扒手！"只见一位戴眼镜的中年人猛地抓住他的右臂，迅速地撩起他的袖子。

原来这家伙手臂上装着一只能够伸缩的电子机械手，上面染上了黄颜色。

"真没想到扒手也会利用科学发明！"我摸摸后脑勺说。

中年汉子取下眼镜说："要没有这特制的X光透视眼镜，差点给他钻了空子呢。"

原来那位叔叔是公安局的侦察人员。他戴了这种特殊的眼镜就能透过衣服，看清楚人们身上有没有带凶器之类的金属物品。

真是魔高一尺，道高一丈！

再狡猾的扒手终究逃脱不了人民的法网。

经过审讯，正是留长发的青年偷了爷爷的钱。

《"宇宙矛"的秘密》，新蕾出版社，1997年1月，邵俊平改编

飞碟专题墙报

蔡光森

桃源小学的课外活动搞得很出色。学校有一座天文台，台上装着一架天文望远镜。时间已是晚上9点钟，天志等3位同学还在天文台上观察。

　　忽然，一个发光飞行物从东北方飞来，由小变大。"是飞碟！"3人一起叫了起来。他们又看到从飞碟中抛出一个小飞碟。小飞碟朝他们学校飞来，最后降落在学校大楼平坦的屋顶上。从小飞碟里走出两个小外星人。3位同学壮着胆走向外星人，双方发现大家都没有恶意。外星人相貌跟人差不多，只是头较大，腿较短，长着3只眼睛。

　　3位同学想与外星人交谈，但彼此都听不懂。天志灵机一动，让他们到电化教室。进了教室，天志放映录像光盘，大屏幕的彩色画面显现出一幕幕内容。小外星人看得津津有味，觉得收获太大了，对地球和地球人一下子知道了许多。

　　两个小外星人一商量，决定带3位同学到大飞碟上看看。5个人乘着小飞碟转瞬间到了大飞碟上。小外星人向飞碟中的5位外星人科学家介绍了3位地球小朋友。外星人请同学们坐下，观看介绍他们星球的光盘。大屏幕一一显现：白色的高速公路、没有噪声的各式各样的飞机、比埃菲尔铁塔还高的铁塔、安放在冷藏柜里的床铺、大海底下的工厂……3个孩子看得兴致勃勃的。外星人也非常高兴，希望小朋友对他们的星球有更多的了解。

　　正在这时，小外星人的手表警铃响了起来，天快亮了，3位同学要返回校园了。外星人和3位同学交换了光盘，5位科学家格外高兴，他们预感到，与地球上相互交流的大门即将打开。

　　3位同学被外星人送回学校后，天志说："我们这一期墙报，专门介绍外星人，你们看好不好？"两位同学一致赞同。

《少年科学》，1997年第6期，庄秀福改编

病　毒

曹　勇

郑华戴着疯狂游戏公司的新型游戏头盔，在玩格斗游戏。在头盔的视屏上，可看到三维图像，耳机里传出打斗声。郑华已把对手胖子打倒在地，又把全身重量压在胖子腹部。胖子哀求道："饶了我吧！"郑华施出一个"地裂斩"，胖子不再动弹了。

"杀人啦！"郑华听见背后一声惊叫，他回头一看，自己在一条阴暗的小巷里。这不对呀，作战背景应该是阳光大街呀，难道这不是游戏，警笛声划破了静寂。

持枪的刑警包围了郑华，他被塞进警车，"我杀了人！"郑华不由倒抽一口凉气。待他回过神来，发现自己被关进了牢房，他失声痛哭。一个白发老人听完郑华的诉说后说："这种游戏使青少年沉湎于暴力。"郑华大叫："是它害了我！"白发老人说，给他一个机会，让他认真面对人生，郑华答应了。

霎时，一切都消失了。游戏背景在熊熊火焰中倒下了，火光中打出游戏结束的字样。郑华一下跳了起来，摘下头盔，原来是个梦！他松了口气。旁边电脑屏幕上一条信息引起他注意，是疯狂游戏公司的启事：游戏头盔受病毒侵犯，使头盔运行程序被销毁，请使用反病毒软件。

"这么说，我刚才是遇到了病毒。"郑华沉思起来，他又想起了刚才那白发老人。游戏和病毒到底哪个在害我？哪一个才是真正的病毒？

《科幻世界》，1997年第12期，方人改编

猫捉老鼠的游戏

陈 兰

大学时代我们常玩"猫捉老鼠"的游戏。"老鼠"当然是我们，"猫"是管机房的老太太。每当我们在机房玩游戏时，她就来捉拿我们。她很机敏，穿着软底鞋，经常悄悄偷袭。阿昕从未被"猫"逮住过。他想出个妙计，把一个颗粒样的信号发生器黏在她鞋上，她一到机房就发出信号。我们听到"猫"的声音，就很乖地在电脑上编程序。

一次，阿昕被游戏画面所吸引，竟忘记了"猫"的存在，成了"猫"的俘虏。回到宿舍，阿昕神情迷离，喃喃地说："我开了炮，炮弹穿过他身体，毫发未损，这是个独立于游戏之外的生物。"后来，我们也遇到这样的事：游戏中的人能和他们交错而过，重叠在一起，显然，他们不属于游戏世界中的人物。就在那段时间，老师办公室的计算机屏幕上，也常被相同图形、字符所重复。世界联网的各个地方，都有这样的"客人"光临。专家们说是一种升级的病毒。

毕业后，我和阿昕分开了。3年后的一个春日，我开了机，电脑屏幕上显示出一行世界语：向外面的世界问好！我拿出杀毒软件，刚一运行，驱动器坏了，电脑存储空间全被占满。不光是我的电脑，世界联网终端的每台电脑，都在相同时刻收到相同的问候语，许多人和我有着相同的遭遇。

一周后，阿昕给我来电话要我去。我驾车来到阿昕住处。阿昕给我介绍了他的同行——老华。我们3人一起走进控制室，大屏幕上呈现出一张世界联网图，每个网点上都有一个红点在闪亮。阿昕介绍说："它们是有智慧的，它们的祖先就是多年前出世的电脑病毒。这些智慧生物在网络的特殊环境下，自我复制，逐渐繁殖，并开始观察、学习，对外部世界感兴趣。3年前，我碰见了老华，我们的想法不谋而合。那天，问候语一闪现，我们就掐断了它们与网络的联系，进入我们主机的那位被困住了。像大学时代玩'猫捉老鼠'游戏一样，我们在它身上负载几段小程序，负载信号在它所到之处留下痕迹。我们在这个大屏幕上看到：它的同类越来越多，已占据了整个网络。它们喜欢各种电脑游戏，对各种软件也很好奇，到处插一脚，但我们对它却很少了解。"

老华想到它们的世界去看看。

"到它们的世界去？"我吃惊地说道。他俩却不由我分说，将我拉到控制台，那里有两顶奇特的头盔。阿昕摸着那青色的头盔道："这是一座通向内部世界的桥。"厅内灯光黯淡下来，他俩戴上头盔，我为他们连接好线路。人的思维的微弱电流，转化为计算机输入信号，就可以进入网络内部。大屏幕上亮了起来，我敲了几下键盘，通道门开启了。主机输入端有了反应，他们进去了。代表阿昕和老华的两个绿色光点在网络中出现了，他们自由自在地在各地游荡。一会儿，输出端有了反应，我匆忙地打开主机通道门，他们回来了。

"这么快，你们看见了什么？"我问道。

"真神奇，没有肉体束缚，只有意识在飞翔，在迷宫般的神秘世界，四处都是人类意识的痕迹，哪儿都有人类世界的资料，偌大一个世界冷静得像座坟墓，不同的信息像陨石般在飞。"老华喘着气说着。

我在好奇心的驱使下，也想进入网络，寻找网络生物。阿昕对我说："你到了里面会找不到路的。"阿昕和老华准备再次进入网络探险，我熟练地操作起来。一会儿，他们的思维又进入那个迷宫般的冷漠世界。输出接口有反应了，我连忙输入指令，开启端口，他们回来了。我看见阿昕眼睛里射出兴奋的光芒，嚷道："我发现他们了！"老华也喃喃自语："它们每一段都是一个有生命的个体，我们还来不及捕捉，它们便隐入一个信息群中，悄无声息。"

这时，网络图中出现了许多红色小点，迅速地向一个网点聚去。我说："那些红色小点从哪儿来？它们为什么要向同一地点汇聚呢？"

阿昕和老华会意地点点头，他俩又戴上头盔。我只得继续操作，开启了通道之门。两个微弱的绿色光点在屏幕上出现，他们进去了。绿色的光点在向红色小点汇聚的网点移动，越来越近。突然，这些红色小点瞬间从屏幕上失去踪影，四周一片寂静。

我冲着屏幕大叫："快回来！"屏幕上的绿色光点似乎感应到了，迅速往回游动。我的手心开始冒汗，终于，两点绿色光几乎同时到达通道口，我忙按下开启键。

头盔的灯依次亮了，先是阿昕，再是老华。阿昕睁开眼，甩去身上线路，摇着身旁的老华道："你怎么了？"老华脸上没有一丝表情。

阿昕坐在椅上，讲述当时经历。他们感受到各种信号的汇聚，带有强烈的意识痕迹，就在那一刻，所有感觉消失，知道是它们来了。突然，一阵强烈的干扰震得他们发晕，弄得他们跌跌撞撞。在快到通道口时，老华绕到阿昕身后，挡住了干扰，而他的意识却逐渐涣散。讲着讲着，阿昕强忍着泪花，拼命敲打键盘。一会儿，屏幕上出现一句话："请不要干涉我们的世界。"

我惊呆了，阿昕敲出一句话："你们生活在我们创造的世界中。"

"上帝也无权干涉万物的发展。"屏幕上回答，"人类不是万物的主宰，不允许我们的世界受到侵害。"沉默了一阵后，屏幕上又显示："我们控制了网络世界。"

屏幕逐渐黯淡。我走到老华的座椅旁，我将和阿昕结伴，游向光亮深处那不可预知的世界。

《科幻世界》，1997年第9期，方人改编

重返伊甸园

陈　南

　　这是从星际资料中心查得的一个女孩儿的回忆录，摘录其中重要的几节，披露于世。

　　我叫阿冰，是特1宇航组的宇航员。公元3200年，机器人劳动使人类获得大量余暇，人类不断向宇宙深处拓展。特1宇航组由最优秀的宇航员组成，在宇宙中探路。

　　5年前，我15岁时，由于解决了一个电脑方面的难题，引起星际管理委员会注意，要我为地球古代图书资料中心设计一套管理系统。我利用职务之便，读了不少书。古代人们为了虚幻的感情，浪费了大量时间。我内心深处却渴望获得人类已失去的情感。

　　我坐在海边，凝视着星空，听着波涛拍岸声，才觉得自己不再如同机器人。机器人伙伴阿雪来叫我，说总部要我返回，有新任务。阿雪还说收到一份有关我父母的机密资料。父母对我们这代人来说太陌生了。阿雪将他接收到的机密资料，输入我脑中，出现了一幅幅图景。

　　20多年前，2104年制造的宇宙飞船"游弋者"从太空归来，谁也没想到千年之前的飞船还能安全返回。太空总署决定举行盛大的欢迎会，特地挑选宇航员阿冰负责陪同"游弋者"上的宇航员焰，让他尽快适应千年后的新生活。

　　焰看上去那么年轻、英俊。他对新生活的适应很快，但怀念过去的朋友、亲人。他不喜欢现在。一年适应期后，太空总署批准了焰再次出航的要求，冰负责指导协助。再次出航一切顺利，但在飞船返航时遇到了磁风暴。9个月后，当飞船降落到地面时，宇航舱里没有了焰和阿冰，只有阿冰的机器人伙伴和一个出生才一个月的女婴。这是地球千年来第一个自然妊娠产下的婴儿。星际委员会决定把婴儿送到地球抚养中心，在那里她和其他人工培育的婴儿一起成长，而阿冰和这女婴的一切资料被秘密封存。

那个女婴便是我，我的名字也叫阿冰。现在我知道了我为什么和别人不一样，我有父母，父母的感情遗传给了我。我不知道星际委员会发现了我知晓自身的秘密后会有什么反应。我无处可逃，注定要返回冰冷的社会。

我接受了新任务，却未曾想到我的太空探索新任务落得如此结局。我双目失明，无力地躺在某星球的一处丛林中，那星球上的智慧生物称此丛林为伊甸园。这颗RDS-1行星距太阳系10光年，环境与地球相似，是人类移民的好目标。那星球被云层遮掩，我不顾阿雪劝阻，登上登陆舱，决心在那星球上登陆。当穿过云层时，登陆舱内仪器闪烁并急速坠落。我按下紧急逃生装置，被弹出座舱，一声爆响，我便失去知觉。当我醒来时，眼上缠着绷带。

一只手抓住了我，那人用地球上1000多年前通用的英语跟我说话。我的英语是从古代图书资料中学会的。那人喋喋不休地说着，告诉我他叫雷顿，并说几天后我可重见光明，还说他们的外形跟我相像，我没见过外星人，但他对我照顾得无微不至。我把自己的经历告诉了雷顿，他给我讲了一个故事：从前在某一个星球上，科学技术水平很高，各种机器和机器人代替人类工作。人的生活越来越机械，情感也越来越冷漠。星球上的科学家分为两派，少数科学家决定出走，他们造了一艘宇宙飞船，并在宇宙中漫游，终于发现了一个与星球生存环境相像的新星，并在那里建造家园——伊甸园，但他们牢记自己是有情感的动物。于是，这个新星在情感和爱中间向前发展，人们过得很快乐。

我的伤势全好了，明天，我的眼睛可复明。雷顿对我说，飞船仍在太空作环绕飞行，要是想返回，会送我回去。我心中一片混

乱。雷顿说："留在伊甸园，不要回去，可以吗？"

我想留下。我喜欢雷顿，情感的火山已开始喷发。我决不后悔。当我眼睛上的绷带被解开时，景物由模糊变清晰，一张亲切、年轻的脸在对我微笑。他就是雷顿，那双蓝色的眸子那么清澈，像一汪湖水。我抬头望着一汪温柔的湖水，又笑了！

《科幻世界》，1997年第12期，方人改编

诱　饵

陈楸帆

当地球上人们对未来陷入绝望时，外星人终于降临了。皮兹人那大得出奇的脑袋上寸毛不生，三角眼总转向同一方向，嘴角上似笑非笑，实在丑陋无比。然而，皮兹人带来的科学技术，解决了困扰科学家的难题：能源危机、环境污染、生态灾害。皮兹人将尖端技术免费提供给地球人类。

不久，皮兹人商品陆续占领各地的货架，他们的产品外观新颖，价格低廉，功能多样。地球上的商人曾发起抵制运动，但他们自己也离不开这些东西，心甘情愿地成为外星商品的代理商。

人们利用皮兹人的高科技消灭了犯罪。地球上的科学家停止了新技术探索，人们过上坐享其成的生活，电视节目将皮兹人歌颂为救世主。一天，我从梦境中醒来，一边享用皮兹高能早餐，一边用脑波接通生物网络电脑，一组惊人信息进入脑屏：皮兹人公开要求人类在24小时内投降。

在交涉无效的情况下，地球联合政府出动先进的飞船，动用先进武器，向皮兹人全面进攻。但是，飞船、武器全是皮兹人提供的，自然一败涂地。地球居民掀起一股反战浪潮，许多达官贵人加

入反战行列，但皮兹人还是轻而易举地成了地球统治者。

　　当人们在皮兹人面前俯首躬身时，我不由得想起母亲的告诫：不要吃陌生人的东西！

《科幻世界》，1997年第1期，施鹤群改编

蓝色人

陈治平

德国登山运动员威利·麦克尔率领登山队到达乔戈里峰山脊时，遇到雪崩，被冰雪淹埋。是3个蓝色人救了他们。

蓝色人过着原始生活，他们怎么会在这里定居呢？

蓝色人讲述了自己祖辈的故事。他们原居住的星球是一颗蓝色水球。星球上具有一种特殊元素，所以水球人都是蓝色的，生物都是蓝色的。

一次，蓝色人乘飞船去星际旅行，遭到流星雨袭击。大飞船解体，他们乘一个个小飞船降落在地球的不同地区，失去联络，就定居在各地。先辈们把他们居住的方位刻在岩壁上。蓝色人很想念他们的同胞。麦克尔向救命恩人表示，一定要走遍地球，为乔戈里峰的蓝色人找到他们的同胞。

麦克尔根据岩壁上的主体星座图和地球平面图，从秘鲁安第斯山脉作为寻找起点。他沿着美国学者海兰·汉宾开辟的登山路线前进。他到过石城、登上科罗普纳山和耶鲁帕哈山，又辗转到了玻利维亚的伊利马尼峰，都一无所获。后遇到英国登山队介绍"在奥坎基尔查峰看到过蓝色人"，他又乘专机直飞智利。

在6600米高度的山坡上，他遇到了蓝色人，是数百人的小部落。他被带入神秘的山岩中，岩壁上同样刻有图画，麦克尔明白他们怀念祖先的心情。

他继续向前寻找……

到达了撒哈拉大沙漠，遇到了蓝色人，这个部落也有几百人。

最后一站，麦克尔在阿特拉斯山脉丛林中发现了土著人。他们过着兽皮裹体和穴居的原始生活，蓝色皮肤、蓝眼睛。

麦克尔与蓝色人虽然语言不通，但通过手势、神态等渐渐关系亲密起来。突然一道蓝光使他失去知觉。

待麦克尔醒来，发现自己在飞船舱内，3个蓝色人：喀奥拉努、笪杜和顿戈姹向他走来。麦克尔一眼认出他们就是在乔戈里峰的救命恩人。

喀奥拉努说，他们是来寻找留在地球上的同胞，但只有乔戈里峰蓝色人愿随飞船回故土。

最后，喀奥拉努告别麦克尔，并把他送回地球。

麦克尔回到德国后，向世界公布了自己的发现，建议联合国为蓝色人寻觅一块安宁、富饶的土地，帮助他们团聚。

《蓝色人》，长春出版社，1997年1月，邵俊平改编

来自船尾座太阳系小朋友的友谊

陈治平

和煦的阳光照在黄土高坡，"老山爷"躺在山坡上呼呼睡觉，铁蛋蛋拿着一本《宇宙——太阳系——地球》看得出神……

突然，身后出现两个从"第二太阳系"来的孩子——基比和奥卡。弟兄俩请铁蛋蛋到船尾座太阳系D星球作客。铁蛋蛋高兴得直蹦，拿起书包，给爷爷留了一张条，跟着他们上了飞船。

基比的父亲欢迎铁蛋蛋的到来，见3个孩子又说又笑，嘱咐他们别忘了做功课。

兄弟俩各自戴上耳机，按了下舱壁电钮，屏幕上显示出奇怪图案和文字似的地球知识。基比说："学习有关你们太阳系的知识，不学就会变白痴，无知。""我们老师也这样说。"铁蛋蛋附和

着，也专心致志地做起功课来。

这时，飞船已飞越冥王星，登上了HD44594星系D行星。它与地球是宇宙中的一对孪生姐妹。

D行星也有一颗卫星——月亮，也有江河、高山、平原、森林，但没沙漠，因为D行星人早已把它变成良田了。

基比、奥卡等D行星的许多小朋友为铁蛋蛋举办了欢迎游园会，让他亲自驾驶飞船，模拟在太空中飞行，到各星球访问。铁蛋蛋为小朋友作《地球太阳系的人类及其活动》的专题报告，电视台作了转播。

铁蛋蛋还参观了学校，这里的学校不分中小学、大学。学生用6年就能学完地球上用20年才能学完的知识。他们每人拥有一台电脑。上课时，老师只讲解这节课如何使用电脑的特殊程序，然后由"电脑老师"讲课。学生掌握了就亮绿灯，不理解就亮红灯，电脑重新讲述。电脑老师用各种形式向学生提问、检验学生掌握与否。他们不用做练习题和进行考试。

欢送会结束后，铁蛋蛋满载着行星小朋友的盛情友谊和珍贵礼物告别了D星人！

《蓝色人》，长春出版社，1997年1月，邵俊平改编

喜马拉雅山雪人传奇

陈治平

喜马拉雅山雪域中，有人说见到过雪人。有的说雪人就是藏人最敬畏、最圣洁的女神次仁玛。她是吉祥、长寿的象征。

20世纪60年代，世界各国出现了登山热。一支H国登山队在攀登珠穆朗玛峰途中发现女雪人，因此喜马拉雅山雪人再次引起

世人的关注。

几十年过去了。

曾被女神救过性命的一对男女青年贡嘎和才旦卓玛已年迈，孙子洛桑也长大了。

一天，绒布村村民患了不知名的怪病，学校也停了课。洛桑的爷爷奶奶也病了，医治无效。洛桑决心去请女神为全村人治病。

洛桑翻越雪山，攀上雪崖，惊呆了！——在雪崖的一端发现了女雪人，她似乎冻僵了，手里抱着个四五岁的小孩儿；雪崖的另一端是万丈深谷。他赶紧抱起小孩儿，把雪人拖离雪崖，一起滑到山底……此时，洛桑的爸妈追踪而来，帮助洛桑把雪人抬回了家。

两位老人见了，"扑通"跪下……"女神——次仁玛！"

女雪人认出了贡嘎和才旦卓玛，说："我不是女神，是喜马拉雅山雪人，是XZY星人。"于是，她向小洛桑一家讲述了1000年前的古老故事：

在银河系银核的那一边，有一颗与太阳系遥遥相对的恒星——XZY75642星。在XZY星系中生活着一群人，他们能从阳光中吸取和积蓄所需能量，能在有氧、无氧大气中生存；他们还具有超越地球人类的能力，能发出微波，干扰和控制各种电器、机械的运转。一次XZY人乘坐飞船进入地球大气层，突然受到反物质力作用，飞船损坏，被迫降落在喜马拉雅山上，当上"地球居民"，他们期望重返太空。

XZY人在雪山建起金字塔，向太空发射求救信号，并集体冬眠，留下女雪人守护。一次她偶然的外出碰见跳崖殉情、爱憎分明的贡嘎和才旦卓玛，雪人救下了这对情人，因此，被人误认为是传说中的女神。地球上的日子过得飞快，后来，女雪人感到乏味，便自行人工授精，生了个女儿。从此生活有趣多了，那一天，当雪人抱着女儿从压在身上的雪山下钻出来时，意外发现小洛桑，于是跟

小洛桑开个小小的玩笑，搞清了小洛桑来的目的。

后来，女雪人终于等来了XZY恒星系人来接他们回故乡的一天。

《蓝色人》，长春出版社，1997年1月，邵俊平改编

续蓝色人

陈治平

乔戈里峰蓝色人顺利地回到了母亲星球——第12银河系D星球，它位于仙女座银河系的中部。D星球是个蓝色大世界：蓝色的大海、蓝色人、蓝色动物、蓝色的花。它一天以32小时计时，一年567天，夜晚比地球上长4小时。它是个高度文明的世界，蓝色人可以直接将日光转化为自己所需的热能；能掌握极先进的生物工程，可强行对弱智人进行改造性治疗。

乔戈里峰蓝色人，在生理上、生活习惯以及对宇宙认识上落后本星球同胞4000年以上。为适应一切，头领笃釜尔率先步入治疗室，接受了考验。

乔戈里峰蓝色人终于跟上了时代。一天，笃釜尔在学习地球人类知识，联想起地球上同胞们生活的困境，他多想帮助他们。于是他要求参加了D星球远征救援队。

笃釜尔携带妻子、儿子乔戈，飞船船长喀奥拉努和船长妻子顿戈姹，他的女儿努奥奥一行，远航出征。

飞船在太空飞行了6年多，他们曾遇到过超新星和来自第九宇宙的宇宙之神，到过D星球的姐妹水星球。两个孩子游玩、嬉戏，高兴万分。

飞船终于飞入地球人类居住的太阳系。忽然遭到豹狼座星球灰

色人飞碟的包围，几道奇特绿激光直射飞船。笃釜尔沉着操纵飞船，来了个直角转弯，避开光射，并突然一个鹞子翻身，直插敌人7艘飞碟之间，发射死光，飞碟一艘艘在空中爆炸，幸存的一艘要求通话。双方进行了谈判。灰色人头目斯巴巴说："我知道你们是为地球上蓝色人来的。他们被我关押，只要你们蓝色人离开地球，我就放了这些人质。你们可以派两个孩子去对蓝色人做说服工作。"灰色人妄想统治太阳系，霸占地球。喀奥拉努为了拯救地球和同胞们，同意派孩子去执行任务。聪明机灵的孩子在喀奥拉努的示意下在关押人质的飞船上，排除了爆炸装置，顺利地驾驶飞船飞向银河号身边。

喀奥拉努对地球同胞说："我们是来帮助地球人和同胞们建设一个更加美丽的新地球的。"

灰色人斯巴巴见他们的飞船被劫走，便乘上小飞碟逃跑，在太空中与母碟相撞，粉身碎骨。

《蓝色人》，长春出版社，1997年1月，邵俊平改编

到特罗巴星球上去

陈治平

1938年中国考古学家纪蒲泰在巴颜喀拉山考察时，发现许多神奇洞穴。洞穴中发掘出716块花岗石石盘，还发现一批排列齐整的坟墓，墓中安葬着一些奇特的人，他们身材矮小，头颅特大。

石盘经鉴定分析，是12000年前的产物，含有大量金属钴，曾在强电流中处理过，其振荡频率极其特殊。一个石盘，就是一盘磁带，经密码破译，它记载着特罗巴星球人的探险经历，特罗巴人来到地球寻求友谊，在太空中遭黑洞引力，飞船被破坏，特罗巴人不

能适应地球上特定的环境，他们在死亡前将飞船动力系统完好地保存下来，留给地球人。制造飞船用上这些，可以5倍于光的速度飞行，可以飞达特罗巴星球。石盘上面还记载着请把我们的遗骨带回故乡星球。

中国科学院航天局在司马均益教授带领下，将"特罗巴－地球飞船"研制成功。

公元2038年9月9日是发现特罗巴人100周年纪念日。那天，飞船船长司马均益率领驾驶员纪蒲泰的孙子纪祥，助手胡炜刚，导航员纪祥妻子阿芳和胡炜刚妻子袁圆，还有阿芳的双胞胎甜甜、丁丁等人起航远征。

地球飞船飞越木星、土星、天王星、海王星、冥王星，然后沿着美国宇航局于1972年发射的航天器——先驱者10号的路线前进。在太空中维修了先驱者号的通信系统后，向罗斯248恒星飞去，途中冲破密密麻麻彗星核的包围圈；却又遭到宇宙黑洞引力的吸引，船长命令启动救援装置，抛掉飞船外壳，以每秒5倍于光的速度，挣脱了引力，脱离了危险。当飞船向X地区接近时，突然宇宙魔鬼发出两道光束直射驾驶舱、导航舱，顿时，船长被拦腰炸死、纪祥被炸飞大腿昏迷过去，阿芳被击中心脏倒在血泊中……

霎时，魔鬼飞船突然相继凌空爆炸，太空中飞来10艘特罗巴人亚型飞船，把地球飞船一口吞入肚中。

特罗巴人——夸嘎兹把司马均益、阿芳、纪祥的躯体浸泡在一种特殊红色溶液中，伤口渐渐愈合了。

司马均益感谢夸嘎兹救命之恩，并说明来意。特罗巴人邀请他们到特罗巴星球上作客。

甜甜和丁丁高兴得直蹦。

《蓝色人》，长春出版社，1997年1月，邵俊平改编

失踪的太空飞船

陈治平

位于塔干拉沙漠附近的中国航天局塔干拉航天指挥中心，接收到来自土星方向一艘失事的外星人飞船的紧急求援信号。

"东方"号太空飞船接受了飞航土星的救援任务。当飞船飞近土星时，指挥中心发现飞船失踪了。

这时，"东方"号正飞越土星环，电子专家吴玮测出求救信号源自土星的第三颗卫星——土卫三。土卫三有一道大裂缝，宽约20千米，还有一个直径20多千米的大陨石。"东方"号在大裂缝中部着落，宇航员看清外星人失事飞船的惨状，到处都是七零八落的外星人遗体。在驾驶舱座前有个外星人，心脏还在跳动。小瑶瑶在外星人飞船中打开一只箱子，里面放有类似吸氧罩器具。他急忙给受伤的外星人戴上，按动开关。奇迹出现了，5分钟后，这个外星人得救了。

外星人用心灵感应的方式感谢他们，并自我介绍："我叫迪迪亚，来自第五宇宙空间。在太空遭到匪徒袭击。他们心不死，还会飞来的，我与你们共同对付敌人。"

果然，一艘巨大的第四宇宙空间飞船张开大嘴，一口就把"东方"号吞入肚中。

"东方"号机长左丘睿隐，听到迪迪亚的声音：飞船现正在猎户座NGC4151星系，附近有一质量为100亿吨的大黑洞。飞船飞越黑洞时，就摧毁它，我已破坏了他们的防御系统，请各就各位。敌船被黑洞撕碎后，迪迪亚驾驶"东方"号从解体的敌船中安全地冲出了黑洞。

迪迪亚带他们去拜访巨星星球。它比地球大1万倍，其上的巨人身高 1020米，小瑶瑶还不如他的一颗牙齿大。他们乘坐巨星人航海器游览了巨星人大海。

最后到达迪迪亚的故乡——第五宇宙空间硅星球。硅星球人外貌大都与迪迪亚相似：1米左右的个子，手指脚趾各3个，尖下颏，头部如大蜜蜂，皮肤灰白色。他们很友好，使地球人经过特殊红色液体处理后变成地球超人，并赠送了一艘比原来的"东方"号坚固100倍，速度提高100倍的全新"东方"号，使地球人顺利地通过黑洞，返回地球。

5个月后，地面指挥中心突然接收到"东方"号发来即将飞回地球的电文。

《蓝色人》，长春出版社，1997年1月，邵俊平改编

女娲重返地球

陈治平　赵晶华　张惠民

公元2099年，地球上3座火山同时喷发，大量火山灰排放入大气层，南极上空的空洞迅速扩展。强烈的紫外线给人类、动物造成危害。

中国科学家半个月前收到外星智慧人发来的帮助地球人的信息。仅仅过了20天，臭氧层空洞开始缓慢地缩小，南极"塌下来"的天再一次补好了！

为了感谢外星智慧人的帮助，中国科学家以全地球人的名义向外星智慧人发出邀请，希望他们能来地球指导。外星智慧人很快作出答复：准时赴约。

中国科学家翘首企盼的时刻来到了，全球的多方代表云集迎宾台，以求一睹外星智慧人的风采、容颜。

激动人心的时刻到了，一艘精巧的银白色宇宙飞船突然出现在迎宾台前，一位散发着迷人魅力的中国古代美女在琼香缭绕中飘然而下。"女娲姑姑！""女娲姑姑！"两位小朋友把两大束鲜花献给女娲姑姑。女娲用汉语向全球地球人说道："亲爱的地球人，你们好！我女娲——很久很久以前曾用石头补过天，但天并不是石头砌成的啊！实际上是补臭氧层空洞！太阳紫外线辐射能使人患皮肤癌，使江河湖海中的水分分解成氢和氧，从空洞中逃往宇宙。时间一长水就会从地球上消失，那么地球上再也不会有生命了。保护臭氧层，就是保护地球！"科学家纷纷向女娲鞠躬致意，希望女娲能为地球指出一条至将来的进化轨迹。

女娲仍满面微笑地接着说："人类能进化到中等地步，无须为衣食住行而忧虑，但要开拓、进取和追求。虽然地球人已经有了这样大的进步，但是贪婪、自私、目光短浅，缺乏进取精神，不仅影响了地球人的进步，更会影响到地球与地球人的生存。例如，这一次臭氧层的空洞就是人为造成的，简单的事实是：原来肆虐成灾的撒哈拉大沙漠一年间就扩大了1/3，而且在继续扩大。一个月后，我将用一艘比月亮还大的飞船飞临太阳和地球之间，白天，它将遮住射向撒哈拉大沙漠的太阳光；晚上，能把阳光反射到撒哈拉地区，使沙漠变得不那么冷也不那么热，把适合于沙漠生长的新植物播撒在沙海中，沙漠就会变成一片绿洲！"

一个月后，女娲所说的那艘巨大飞船果然出现了，新的植物结出了丰硕的果实……

地球人忙碌起来了。为保护地球的环境，正沿着女娲所指引的道路继续前进。

《阿南20000岁生日》，长春出版社，1997年2月，陈家骏改编

神异的地下世界

陈治平　赵晶华　张惠民

探险家欧阳博士从事地质考古研究已有50年历史。虽然年过花甲，但壮心不已。当他得知爪哇岛发现了奇异的死亡谷后，立即收拾行装，前往神秘谷。

他刚进洞口，就感到洞内有一股吸力！博士不小心摔了一跤——就像坐滑梯一样，有一股神秘的力量拉着他，好长时间才滑到洞底。洞里好黑、好静！突然响起一个亲切的声音："您好！博士。"博士大吃一惊，急忙问："你是在地下生活的同胞吗？"

"是的，我们是属于上一次地球文明中所诞生的人类。1000万年前，地球文明毁灭后，我们被迫转入地下，幸存下来。希望你能到我们的地下王国做客。"

博士连声答应，吞下地下人送过来的一颗石子。几秒钟后，黑暗消失了。只见地下人丑陋无比，身高不足1米，硕大的头，没有颈部，鼻孔和嘴大得出奇，没有头发，两眼熠熠闪光，令博士惊骇不已。

乘上地下人的飞碟，下行穿过地壳、地幔，到了地球的核心。地下人微笑着说："博士，我们的目的地到了。"只见地下世界灿烂、光明，在一个大湖中有许多草木葱茏的小岛，一座座金字塔式的建筑，各种奇异的飞机、游船、汽车在湖面上漂荡。

湖湾处的花草生得格外粗大——一棵小草要比向日葵大五六倍！一朵小花有大圆桌那样大！

博士惊异地看到微型的梁龙、霸王龙在湖边蹒跚行走。地下人解释道："这确实是恐龙，被我们移植了遗传基因，使它们适应地

下生活环境。在辽阔的大草原上，还有史前动物剑赤虎、猛玛以及大猩猩、狮子……"

地下人又陪博士参观了茂密的森林，林中有形形色色的动物像熊猫、金丝猴，还有许多说不出名称的怪物。地下河流，大瀑布、地下海洋，海洋中的蓝鲸，以及地球上早已灭绝的空棘鱼，矛尾鱼、海中的恐龙……那地下城市真可谓"天堂"，一座座几十米高的金字塔拔地而起，金光闪闪气势宏伟。一片片如茵的绿草与繁花将金字塔分隔开来，街道平坦、笔直、宽阔。市中心广场金字塔的基座上耸立着一尊巨大的用纯金铸就的现在地上人的塑像。

博士不解，问："为什么要把地球人放在这个庄重的地方呢？"

地下人摇摇头说："我们的祖先以前也生活在地上呀！1000万年前，为躲避一场无法避免的毁灭，我们的祖辈来到地下，顽强地工作，以原煤作食物，适应了地下的酷热、缺氧、潮湿、黑暗，再也无法在地面上生活了。"这时来了个地下人，嘟嘟哝哝说了几句，地下人说："博士先生，我有许多事马上要去做，非常抱歉，我现在只能把你平安地送出去。"说完把一艘小飞碟悬在博士身边。

博士闭上两眼，才一会儿，已经躺在一艘船的甲板上了。

以后，欧阳博士再次沿着熟悉的路线想进入神秘谷中的洞穴时，那些洞穴已经消失得无影无踪了。

《阿南的20000岁生日》，长春出版社，1997年2月，陈家骏改编

参观太空发电厂

陈治平　赵晶华　张惠民

豆豆的爸爸是太空发电厂的工程师。一天，豆豆随爸爸的航天班机到太空发电厂参观。在控制室里，爸爸指着屏幕告诉豆豆："人造太阳能卫星在距地球约3.6千米轨道上，绕地球同步运行。它每天24小时截取阳光，把收集到的阳光转换成电能，然后把电能转换成微波，发射到地面的接收天线场。因此，地球不再需要热电厂，能使空气更加新鲜，还能省很多人力、物力……"

"那人造太阳能卫星是什么模样的呢？"在航天飞机上，豆豆看到卫星像一个很大的海岛，巨型的太阳能电池组就有50千米宽，100千米长。豆豆激动地跳起来："真棒！我长大后也要到太空发电厂去工作！"

《阿南的20000岁生日》，长春出版社，1997年2月，陈家骏改编

绿化金星

陈治平 赵晶华 张惠民

　　小小的地球已承受不了人类的繁衍生息，科学家准备开发金星，变为地球人的第二故乡。公元2050年，在中国北京隆重举行会议做出一项重要决定，绿化金星，并任命女博士阮珏为绿化金星委员会主席。

　　虽然金星的体积、引力和地球差不多，但是，金星被一层厚厚的二氧化碳包裹着，温度、气压都高。

阮珏博士的第一步计划是：从地球上用激光机在金星的大气层上凿几扇窗户，使金星表面的热浪滚滚喷出。这样温度降到35℃，大气压降到1.2个地球标准大气压，人能够承受得住。

绿化金星的第二步计划：用飞船向金星投放蓝藻！因为蓝藻生命力最顽强、繁殖速度快、能迅速分解二氧化碳并制造出氧气，通过光合作用，生命之林从空中降到大地上。但是毕竟水太少了，无法满足需要。

第三步计划：用氢弹拦截彗星，让它把足够的冰和雪化为雨落在金星上，这样就会有河流、湖泊和海洋。再把草种、花种、树种播撒在金星表面，此时，无边的草原、莽莽的林海、灌木、野花、杂草出现了……金星上到处是一片绿色。人类移居金星的环境成熟了！公元3012年，97岁的阮珏博士作为地球人首批移民乘坐宇宙飞船登上了金星的大地。

《阿南的20000岁生日》，长春出版社，1997年2月，陈家骏改编

"琥珀神医"和他的女儿

陈治平　赵晶华　张惠民

雯雯很早以前就知道什么是琥珀了。

1万多年前，地球上遍布着一片片高耸入云的松柏林。浓郁的松香引来蜘蛛、蜜蜂、苍蝇等小昆虫……突然，一滴松脂滴下来，恰恰滴在小昆虫的身上，小昆虫被松脂包裹住。几千年过去，松树被上涨的水淹没了，腐烂了，松脂球则变成了透明的琥珀，里面的小昆虫栩栩如生。

雯雯的爸爸就是用琥珀中提取或培植出来的药和菌素治好了无数身患绝症的病人，因此获得了"琥珀神医"的美称。

自从法国医生在1983年首先发现了危害人类的艾滋病后，医学家只能眼巴巴地看着一大批病人痛苦地死去。到了1994年，由于母体传染或通过输血等途径，全世界已有100多万儿童染上这种可怕的病毒！人得病后，免疫系统被破坏，从而引发多种疾病，不治而死。

雯雯的爸爸经过10多年的潜心研究，终于从一颗7000万年前的琥珀中寻找到一种剧毒蜘蛛，先复制出7000万年前的空气，最后复

活了琥珀中的毒蜘蛛，只要取出几微克这种毒蜘蛛的毒液，即可将艾滋病病毒全部杀死，恢复免疫功能，使病人起死回生，重获健康。不到一年，"琥珀神医"就治愈了好几千名世界各国的儿童。

一天，雯雯和爸爸在家里的实验室里做实验。门突然被打开，三名手握微型冲锋枪的歹徒出现在门口，吼道："快把琥珀毒蜘蛛和所有的资料交出来！否则，我们就不客气了！"

"琥珀神医"把雯雯拉在怀里，十分镇定。雯雯想："坏蛋们把毒蜘蛛抢走了，那么多患病的小朋友怎么办呢？"这时，歹徒们进入实验室四处乱翻了一通，一无所获，走了出来。雯雯心中顿时有了主意，对歹徒说："实验室里的细菌都是几千万年前的，有毒，你们已经沾上了，活不了了。"歹徒一听，脸上现出惊惶神色，谦卑地向"神医"赔罪，请救命……"神医"向机智、勇敢的女儿投去一个微笑，对歹徒厉声喝道："还不赶快把衣服都脱了，去消毒！"

歹徒立刻放下枪，手忙脚乱地脱衣服。这时，警察如同天降。原来，"神医"早就按动了随身的报警器，警察及时赶到。但怕误伤"神医"和雯雯，一直不敢下手，多亏雯雯的一句话，就解除了歹徒的武器。

"琥珀神医"抱起雯雯，吻着女儿的小脸蛋说："我们一定要消灭艾滋病，让世界上所有的儿童都幸福成长！"

《阿南的20000岁生日》，长春出版社，1997年2月，陈家骏改编